U0013041

對不起，謝謝你。

橘子作品 21

Regret to Say Thank You.

自序

結果

結果寫到了第四部，女主角還是沒有名字。

本來是計畫讓對不起這書系停留在第三部的《對不起，我想你》，原因說來有些白爛，因為我覺得三是個好數字，如此一來，加上即將到來的新書系『都會愛情』，那麼橘子作品集就能保持在三這書系，同時『對不起』書系也迷信的停留在三而不再往前。

不過，這是去年的我所產生的想法。

如果說今年我這個人有什麼最大的改變，那麼大概就是不再迷信的這件事情吧。我不再迷信我的幸運三，也不再迷信瑪法達的星座運勢來決定接下來整星期的心情甚至是計畫；我常想像人之所以會迷信是不是只因為沒有安全感？有兩度我覺得迷失又迷惘、無助的不想要自己決定自己的人生時，也曾經藉由算命來決定，然而這樣子的自己卻在今年徹底被捨棄，我想那大概是因為我對於自己的人生有了安全感，長久以來一直尋尋覓覓卻也一直欠缺的、安全感。

這都是因為你們，正在閱讀這篇序的你們，長久以來一直以行動支持橘書的你們，我依舊無法想像、如果我的人生少了你們該怎麼辦？

延續了前三部的劇情（先假設有劇情的話），這本書依舊帶著沒有名字的女主角「我」繼續往前走。

一開始只設定了前三部出現過的他們能在這裡齊聚一堂、像是個歡樂的party那樣，繼而寫著寫著卻還是增加了兩位新朋友；而至於第一部《對不起，我愛你》裡沒有太多說話空間的男主角小翔，在這裡依舊連句台詞也沒有、而只是被略略的提起，我想我大概是故意的，畢竟劈腿又欺瞞的人想來還是不可原諒；而至於賴映晨，雖然從一開始的第一個字猶豫到了最末了的最後一個字，終究還是選擇把他留在無名咖啡館裡，安安靜靜的守著他和他的回憶，不再打擾他，因為有些男人，他就是只適合留在回憶裡、我想。

橘子

自序　結果

contents

第一章

當妳單身時，她們是拚了命的慫恿妳談個戀愛去，
搞得好像是妳佔用了她們太多時間還得爲此道歉似的；
然而一旦妳戀個愛了，卻又字字帶刺的唱衰妳分手，
彷彿因此妳再也不會分出一咪咪時間給她們似的。

「順便個屁。」

這是我開口的第一句話，時間是晚上六點過八分，日期則是我們四姐妹的年度繽紛春遊旅（今年的主辦人淑婷堅持我們非得這麼稱呼它不可），而打來電話的人是小YG，說的是夏天有個書展在香港，祥恩會被邀請去，這事老闆想了想，接著便好大方的表示那麼順便招待我也一起去吧！只不過前提是拜託簽書會上我可千萬別又像那年那般和祥恩演出全武行，畢竟丟臉丟到海外去可不會是個好主意。

嘖！真是什麼跟什麼。

而其實本來我的口氣是可以不用這麼差的，如果不是剛好這會兒我們的年度繽紛春遊旅並非依照原訂計畫在台東知本老爺酒店的夢幻芭比房（好樣的淑婷！）開懷暢飲粉紅香檳（淑婷好樣的！）得意洋洋這才是人生、下輩子還要當女人！卻是耗在秋雯宅困坐愁城乾瞪眼。

這會兒這屋子裡不只我們四姐妹不說，更還多了個爬過來又爬過去的尖叫尿布鬼，並且就是連粉紅香檳都只能很沒勁的倒在馬克杯裡喝，更別提一直窩在秋雯腳邊整天下來連正眼也沒瞧過我這前主人一眼的過河拆橋肥虎斑，天曉得要是這被秋雯接養之後暴肥的虎斑貓會說人話，八成還會招呼我把這當自己家哈、別拘束哦。

呿。

「妳曉得貓也是會得糖尿病的嗎？」趕緊擋在肥虎斑和 COSTCO 買來的霸氣大披薩之前，我曉以大義：「我有個朋友就這樣，他老子吃啥、貓就跟著來一份，在長年的漢堡炸雞和薯條之後，貓牠得了糖尿病，我那朋友因此每天改騎腳踏車好把油錢省下來買胰島素幫貓打。」

『我有個問題——』

打斷秋雯，我回答：「一劑兩百塊，如果妳要問的話。」

『多謝。』把披薩從肥虎斑眼前移到自己嘴裡去，順便還塞了兩口雞肉捲之後，秋雯才又說：『但我的問題是想破頭也想不透除了在座的我們三位之外，妳哪來的其他朋友？』

『或許是她終於承認和宋育輪是朋友了。』

淑婷說，而雅蘭則立刻持反對意見：

『沒可能，就我所知宋育輪唯一喜歡的動物是鱷魚，而且還是做成皮件之後的那種。』

好說。

「好吧，所謂的有個朋友是我小姑姑的同事其實。」我只是覺得『我有個朋友』這話用來開頭聽來比較有派頭。「這事是過年時家族聚會上小姑姑說的，所以是個事實沒有錯。只不過她當時說話的對象是我姐不是我，之所以會聽到都是因為我剛好就坐在隔壁。」

『聽來似乎連小姑姑都不愛理妳？』

這個似乎沒有錯。

「這根本就不是我的錯。」理直氣壯的、我回憶：「天曉得有回我在他們家門口對著那隻亂亂叫的膨毛狗理論搬道理、被她路過的鄰居投以異樣的眼神之後，她就開始不太想理我了，分明就是那鄰居大驚小怪以及那狗亂亂叫嘛、我說這。」

『老天爺，妳連小狗汪汪叫都要認真去理論？』

老天！有夠厲害這秋雯，居然練就一邊翻白眼一邊掃光整盤凱撒沙拉的功力。

「是亂亂叫。」我更正她：「不能因為對方是隻狗就放任牠去亂亂叫，這是個講道理的社會妳得曉得。」

『聽到這裡還不趕快把小胖子帶去喝奶或睡覺，』雅蘭扭頭警告秋雯：『我可不想親眼看到那女人跑去跟個一歲娃理論為什麼要尖叫的畫面。』

『為什麼小孩子總是好熱愛扯開喉嚨尖叫啊？』淑婷按著眉頭輕嘆氣：『搞不懂小

時候我媽怎麼能夠忍不住把我塞回肚皮裡的。』

『八成是他們很驚訝自己居然有聲音吧。』

「難怪小孩子一出生就要立刻被打屁股。」

『更別提就是這個尖叫尿布鬼毀了我們的？』

『年度繽紛春遊旅。』淑婷替腦殘雅蘭把這她堅持我們得這麼稱呼的名字說完，然後她哀嚎：『哎～哎～我的夢幻芭比房就這麼無緣了。』

『哼～哼～我的兩天年假就這麼浪費了。』雅蘭冷哼。

「呸～呸～我——」

話說一半我放棄，本來我就沒特別想住那個芭比房，說來香檳還比較吸引我一點、不管它是粉紅色還什麼顏色，而且這陣子我也沒啥事好做只除了檢查我的新書有沒有乖乖待在排行榜上面好安心我還沒過氣；實不相瞞我這星期最重要的行程還是提醒自己記得買串紫色舒潔一百抽，更別提為了打發時間我還特地去到稍遠處的松青超市買好讓自己的行程看起來可以滿一點。所以這會我只是摸摸鼻子低下頭去往馬克杯裡再注滿粉紅香檳然後補了句：「王八蛋。」這樣而已。

『才想說天都已經黑了，怎麼妳們還反常的沒抱怨咧。』一點歉意也沒有的、秋雯道歉：『都嘛是大胖的錯啊，昨天下班回家才突然說今天要出差，害我臨時找不到保姆，哎！人妻的為難、妳們是不會懂的啦。』

『怎麼聽來像炫耀？』

雅蘭再度冷哼。

『在我聽來像外遇。』

淑婷說，還不忘抬高下巴擺出專業人士的嘴臉。

『拜託去談個戀愛吧、妳們兩個無聊鬼。』

「是要她們兩個互相談戀愛嗎？噗哧～～」

『妳很冷耶。』

異口同聲的、這三個女人嘖我。

嘖。

有時候我真覺得姐妹們是種奇怪的人種，當妳單身時，她們是拚了命的慫恿妳談個戀愛去，搞得好像是妳佔用了她們太多時間還得為此道歉似的；然而一旦妳戀個愛了，卻又字字帶刺的唱衰妳分手，彷彿因此妳再也不會分出一咪咪時間給她們似的；尤其是當妳結婚後——噢！就讓我們把天窗打得開開說亮話吧！結了婚的女人倒是有什麼好提的？除了她們會因為老公因為小孩甚至因為公婆而漸漸的從我們的好友名單裡消失之外。

因為她們通常是怨婦，她們只能是怨婦，她們最好是怨婦！否則怎麼對得起我們當初遞上的那紅包？

而這會，她們前後攻擊完單身障礙以及法定怨婦之後，繼續又把矛頭轉向我：

『最可惡的是這女人，有個現成的芭比房免費住，有個可口的男朋友可以約，結果卻還是跑來這裡佔空間。』

淑婷不屑。

『想來是和祥恩感情已生變。』

雅蘭唱衰。

『他們撐過兩年還沒分手這點我已驚訝到。』

秋雯結論。

而我則是好發自於內心的建議：「我說我們真的不該再追求打是情罵是愛唱衰是賞識的姐妹情了。」

『妳倒以為我們是怎麼變成好姐妹的？』

淑婷質疑。

『而且還維持了十年超過。』

雅蘭提醒。

『休想我們的友情走向大愛風格，感——恩。』

秋雯強調。

「這倒也是。」

沒好氣的、我解釋：「要不是現在正值NBA的季後賽，否則我也沒勁跟妳們耗在這裡看我的貓斜眼瞄牠的前主人。」重點是：「要我待在粉紅芭比房瞪著祥恩看電視我寧願跑來這裡和妳們擠一起聽尿布鬼尖叫。」

『哦。』

很沒勁的敷衍哦。

「再說我們上次的旅行簡直是災難一場，所以近期內我想我們還是儘量避免旅行這件事的好。」

『哦？』

勁都來了的開心哦。

嘖，就知道。

「新社古堡可曉得？」

新社古堡。

閒閒沒事的某下午，我們倆照例是去到星巴克喝咖啡殺時間，對面的祥恩是專注的埋頭看報紙，而這頭的我則是瞪著窗外來來往往的年輕美眉暗暗祝福她們未來不幸福人生多災難，差不多是祝福到第七個左右的時候，同時我也喝乾了那天的第一杯焦糖冰咖啡，於是在桌子底下我用腳踢了踢祥恩示意他再去買杯來；就是他老子把視線從體育版移開的那當下，他眼角餘光瞥到報紙右上角的日期，接著他『啊』的一聲說：螢火蟲季又到了。

有夠喜孜孜的祥恩提議我們去看螢火蟲，當下我腦子裡浮現的畫面只有草叢和蚊子還有臉臭臭的我，一想到累得趴趴離開台北只為了去瞪著螢火蟲屁股我就整個很沒勁，才想裝忙推託趕稿沒法子去時，我眼角餘光又瞥到街上那些青春洋溢到簡直滿出來小美眉，同時我再看看坐在對面的小我兩歲祥恩時，我聽見我說好。

好吧！其實我說的是「好哇。」哇還是好裝可愛的軟軟哇。

「老天爺！這就是幹什麼我恨年輕美眉的原因：不管是幾歲，女人總是依舊暗暗希望自己時不時還能保有年輕美眉的樣貌，而且最好還能被誤會依舊是個年輕的小美眉。」

『我沒有！』

雅蘭否認。

『我還是常被誤會喲，這也不是我願意的。』

淑婷得意。

『天曉得我的人生中好像從來沒有過被當成年輕美眉看待的一天。』

秋雯看開。

哈。

幾天之後，祥恩再度提起螢火蟲外加新社古堡這字眼，當下我腦子立刻浮現的畫面是那年借住法國人妻同學家時、成天在古堡裡愉快吸地板的美好回憶（當然後來的落魄以至於間接遇見祥恩這事則很自動的都忘記），大概就是回憶太美麗以至於我沒聽清楚祥恩接下來說的是、他們家在那附近有棟好詩意好適合相約看螢火蟲的老房子而非我們要去的是新社古堡。

「老房子。」

再一次的我強調。

「沒有冷氣沒有第四台老到差點讓我誤會是不是需要鑽木取火燒熱水的山上超級老房子！」

『那手機還收得到訊號嗎？』

淑婷一臉的擔心。

『晚上怎麼買宵夜？』

秋雯焦慮的煩惱。

『結果妳不會是全程都臉臭臭吧？』

雅蘭緊張的疑問。

「那當然，天曉得那大概是我這輩子最早睡早起的一天，因為再不儘早離開那個鬼地方的話，恐怕我會放火燒了那房子。」

『可是聽說祥恩好像本來是打算在那裡向妳求婚耶。』

雅蘭說了這麼一句讓我們都呆掉的結論。

『妳要被求婚了？』

「我要被求婚了？！」

第二章

愛情這回子事無論小說或電影永遠都只 End 在幸福快樂的求婚畫面，
不再往下繼續的原因是害怕婚姻生活壞了大家對愛情的胃口間接造成世界經濟衰退掉。

『可惡失算了！本來還以為妳明天才會過來咧。』

我才推開出版社的玻璃門、連頭都還沒抬起時，這個宋育輪就先聲奪人的搶先說。

『讓我猜，大嘴巴雅蘭在粉紅淑女夜告訴某人之後，她老娘於是按捺不住索性就一大清早撇下姐妹們飛奔回台北？』

「猜錯，是年度繽紛春遊旅沒去成。」還有：「拜託妳別老是坐著我以前的位子好嗎？看了心情有夠差，難怪我最近偏頭痛。」

『妳管得著。』

真他媽的宋育輪，不但霸佔了我以前的位子不說，這會就是連我以前的招牌台詞都給搶了說：『來幹嘛？』

沒好氣的、我只好：「買了STARBUCKS的焦糖冰咖啡給妳喝。」

很得逞的、她接著：『黃鼠狼給雞拜年哪妳。』

『女人的友情真難懂。』在辦公室另一頭的小YG對著空氣搖搖頭：『而且某人明明是兩手空空的來，還好意思照樣說。』

「什麼時候我家大主編開始把空氣當成知己而且還聊得頗開心的啦？」

不理我，這小YG繼續對著空氣搖搖頭：『更搞不懂的是，兩個人明明聲稱互看不順眼之所以還保持聯絡的原因是希望對方遇到什麼衰事時自己能是第一個知道並廣為宣傳兒狠嘲笑的人，但卻偏偏我家小輪到出版社上班後，這某人反而三天兩頭就跑來。『頭搖到簡直快掉下來：『天曉得我真懷念以前那個只有領支票才可能主動出現的大作家哪。』

「有夠囉嗦真的是，還不快快奔去街角買杯焦糖冰咖啡尊寵你家的王牌印鈔機哪。」

『休想我去幫個老愛掛別人電話的沒禮貌鬼買咖啡。』

「小氣巴啦愛計恨。」

我說，而至於宋育輪則是嬌滴滴的瞅了小 YG 一眼，接著這噁心鬼立刻就改口：『但考慮到那個沒禮貌鬼是我家寶貝的死不承認好姐妹，所以還是給個面子沒關係。焦糖冰咖啡是吧？』

「老天爺！我差點沒給噁心到中風，哪個誰立刻把我揍昏哪！我說的是立刻！」

『妳就是老這德行所以祥恩——噢！很痛耶！』

把腳從我高跟鞋底下抽開，宋育輪才想以牙還牙踩過來時，看到我眼角餘光暗示著小 YG 正坐直身體、拉長耳朵好八卦的等著聽，她這才意會過來的改口：『我懂。』但說完她還是沒忘記補踩我一腳。

混帳。

「還不快快拿好錢包招待大作家到轉角的星巴克喝杯焦糖冰咖啡嗑盤蛋捲先哪。」

『真搞不懂他們怎麼受得了妳。』

「這算客氣了。」理直氣壯的、我回憶：「想當初我坐妳這位子的時候，妳家祥恩可是更加惡劣個百來倍哪。」

『我懂。』

宋育輪這次的我懂多了濃濃的笑意。

嘖。

街角的STARBUCKS，宋育輪還有我，以及——

「哪買的水晶?閃亮亮成這樣。」

瞇著她老娘閃亮亮的無名指，我讚賞；然而無視於這讚賞，宋育輪嫌棄到不行的說：

『這是鑽石好嗎?妳的眼睛和妳的心腸同樣是裝飾用的嗎?』

「好過妳的眼皮和妳的鼻子同樣是手術來的。」

『妳!』

哈!好爽。

『笑吧妳，趁能笑時多笑笑也好。』

立刻收起笑坐直身體，我好認真問道：「聽來是有個什麼我該知道卻還不知道的事？」

『正是。』甩了甩厚劉海之後，宋育輪吹著她的亮晶晶鑽石，說：『可知道我這鑽戒是怎麼個來法？』

「除了趁宋爸不注意的時候從妳家銀樓偷偷拿來戴之外，我想破頭也想不出個來路。」

『來源正確但重點不對。』

「洗耳恭聽 ing。」

『這是個求婚戒。』眉開眼笑宋育輪：『我宋育輪終於也等到這天啦！哇哈哈~~』

「笑小聲點、好丟臉。」

『喂！各位！我把自己嫁掉了！』

「閉嘴啦。」

『哈。』

「嘖嘖嘖這小 YG，買一顆鑽戒賺整個銀樓、也算他聰明。」

『虧某人還是個愛情天后，』立刻白了我一眼：『明明就是這麼浪漫的事也能被妳說得全走樣。』還有：『還有，別再叫他小 YG 了，看在老天的份上、好心點。』

「難不成要改叫他作老CK？」

『妳！』

「我我我，怎樣怎樣哈哈哈～～」

『我拒絕再和妳討論我男友的內褲品味。』

好爽，哈。

識相的去續了兩杯焦糖冰咖啡過來之後，宋育輪才又繼續馬後炮：

『所以呢？妳是捨不得戴還是已經拿去賣？』

「什麼鬼？」

『鑽戒啊，那天祥恩也得到一枚，才想說當晚應該就會接到妳的電話、沒說話卻猛尖叫咧，沒想到這點倒是失了算。』

「別提了。」

『怎？螢火蟲之夜也搞砸掉？』

「正是，而且我差點沒放火燒了那房子。」好吧，至今回想起來我依舊想跑回去放火燒了那房子以及那堆飛過來又飛過去的螢火蟲屁股。「而且妳真該給我打個Pass的，妳曉得我這人向來最恨驚喜這回子事嗎？」

『老天爺，哪有女人不愛驚喜的？』

「正好坐妳對面的我這女人就是。」

『哎～～』

「明明該嘆氣的人是我才對吧？妳曉得在那該死的螢火蟲之夜前天，我們才剛好去看了場電影。」

『哪部？』

「曼哈頓奇緣。」

『好個浪漫又好笑的約會電影，不會是連這也搞砸吧、妳？』

「對得很！」瞪著宋育輪，我飲恨：「如果某人早點給我打Pass的話，那麼我就會知道別在走出電影院的時候，以前輩的姿態對祥恩曉以大義：愛情這回子事無論小說或電影永遠都只End在幸福快樂的求婚畫面，不再往下繼續的原因是害怕婚姻生活壞了大家對愛情的胃口間接造成世界經濟衰退掉。」

『顯然我是該給妳打Pass的沒錯。』

「我們終於同感了。」

『……』

「……」

半杯咖啡的尷尬之後，宋育輪小小聲的問：『妳該不會是個不婚族吧？』

是有那麼點意思沒錯。

「本來嘛！好好的結什麼婚呢？先放著不提奶粉尿布和房事，光想到婚禮上那堆塞滿整屋子的雙方親戚加好友就夠令人頭皮發麻的。」

『我看到時候頭皮會麻的應該是妳那整屋子的親朋好友們吧？』

「隨妳怎麼說，」總之：「何不就好好的安於現狀過完一天算一天放過大夥的頭皮呢？」

『……』

「……」

再度尷尬了半杯咖啡之後，宋育輪好遺憾的說：

『看來妳真的和那只傳家之寶鴿子蛋無緣了。』

我大驚：「什麼蛋？」

『鴿子蛋。』

「色戒那顆鴿子蛋？」

『不是同一顆但重量差不多並且要價也是百來萬，祥恩他奶奶也就是我外婆早早就吩咐好把我家銀樓的鎮店之寶鴿子蛋送給她未來的準孫媳。』

「我的鴿子蛋！」

『還不是妳的啦。』

「我的鴿子蛋！！」

『喂喂！妳要不要先去買杯咖啡平靜平靜？』

「我的鴿子蛋！！！」

『妳給我去買杯咖啡平靜平靜！』

兩杯咖啡，平靜平靜。

『所以呢？香港書展妳要去不去快做決定，老闆要訂機票了耶。』

這個媽的宋育輪，不說還好，說了之後我整個疑心生暗鬼了起來：

「這是在給我打Pass嗎？」

『什麼鬼Pass？』

終於有點愛情作家的樣子，我臉紅：「就是、那個……某人可能在香港被求婚然後手上多顆鴿子蛋之類的那個……」

『想太多，今天出門前我看到那顆鴿子蛋又擺回店裡保險櫃啦。』

「呿～～那我倒是去個屁。」

『妳這女人怎麼這樣。』

「我這女人就是這樣。」

怎樣？

嘆了長長口氣之後，宋育輪才又說：『反正是老闆招待，好端端幹嘛不去？』

問得好。

「因為我們的旅行簡直是場場災難。」

『災難？』

「嗯，沒矯情的是災難。」

其實情人節的曼谷行還不錯，可能是當時還在熱戀期再加上這是和對方的第一次愛出遊，所以雙方於情於理都好有禮貌的保留許多，但從第二次開始就整個災難掉了。

「北京，才到飯店那個忘東忘西鬼就發現他的護照落在機場的椅子上，只好立刻又搭計程車回去。」

『結果護照不見了？』

「不，護照是找回來了。」

『那災難是？』

「災難是錢包放在那個忘東忘西鬼身上，於是乎獨自在飯店索性先C/I的累得要死老娘我只好掏出百元鈔票當小費給行李員，誰曉得從我關上房門的那一刻直到祥恩打開房門出現為止，房間電話從沒停過的一直響啊響，為的是問我還有什麼需要服務的而且最好是有個什麼需要服務的！」

『哎喲，凱子人人愛嘛！』掩嘴偷笑宋育輪：『換個角度想，花四百塊台幣享受凱子級待遇也不賴啊，為國爭光嘛我說這。』

「再繼續幸災樂禍沒關係。」

『哈～～』

「東京那次也災難。」

『東京又哪惹到妳？』

「拖著行李走兩個鐘頭不止還找不到飯店這事惹到我。」至今想來仍是一肚子火大的我：「更別提某人出發前還擺出一副東京通的嘴臉，結果咧？結果咧！真是火得我直想在他枕頭下面撒圖釘。」

「自助旅行嘛，難免的啦。」

「不是難免是要避免。」越說越火：「更別提必遊景點這四個鳥字！」什麼嘛！真是什麼跟什麼嘛！「我說旅行為什麼就不能放輕鬆的吃吃喝喝買買睡睡最後再呵呵呵的拍張照片當句點就好呢？為什麼一定得累趴趴的走啊趕的為的只是追求必遊景點這四個字呢？為什麼非得要把旅行搞得好像是只為了到此一遊以方便回去之後好跟朋友報告呢？」

『呃……大家不是都這樣嗎？』

就這麼剛好我不是！

「尤其是追求道地口味這事最最惹毛我。為什麼呢？為什麼一定要追求道地人口味搞得回家胃抽筋呢？明明我們觀光客就該有觀光客的樣子嘛！為了追求道地口味於是步行半個小時和日本大叔們擠在小店裡吃拉麵這事惹得我起碼還要再氣個二十年不止！」

『呃……我本來以為妳也是個熱愛走透透的追求道地生活的旅者耶。』

「這誤會大了。」真的：「妳想想為什麼別人歐洲玩一個月而我卻玩掉一整年？」

『妳這麼說我就懂了。』

「嗯。」

『但是站在朋友的立場，我真誠的建議妳這次的香港行還是跟著去比較妥當。』

「祥恩真的打算在簽書會上向我求婚對吧？」

『死了這條心吧！第二次。』

嘖。

『那個蛋蛋妳記得？』

「不但記得而且印象深刻哪、那蛋蛋。」

那蛋蛋。

那個祥恩的瘋狂粉絲小美眉蛋蛋，頭髮長長眼睛電電笑容甜甜臉頰嫩嫩身材瘦瘦胸部扁扁、活脫脫就是淑婷的少女版，差別只在於上述的這些那些淑婷得要花上出門前半小時以及睡前半小時以及洗澡前半小時外加每週做臉一次才能辦到，而那位少女蛋蛋則仗著年輕外加天生麗質於是全省略了那些半小時就渾然天成個芭比真人版；本來我以為能和這位蛋蛋少女成為好朋友、畢竟朋友一直不增反減也不是個辦法，但沒想到最後我們不但當不成朋友，結果還成了死對頭，因為那位少女蛋居然打從心底真有打算要把我這個祥恩女朋友幹掉。

「死了這條心吧！少女蛋！第一百零一次。」

把眼前的空氣當成蛋蛋、我第一百零一次的嗆聲。

『哈～～』

「好端端的提起那顆少女蛋幹嘛？」

『好心點別把一位甜美的天真少女講成個少女蛋好嗎？』

「明明就是惡魔一枚。」

『好啦好啦，那位天使外表的小惡魔打算要一起去香港。』

「少作夢！」

『不只是作夢而是實際行動了，蛋蛋昨天已經快手快腳的打電話到出版社問時間日期和飯店。』

「時間日期和飯店？」

『不難想像當她打探到祥恩有可能是自己獨自睡間房時，她腦子裡浮現的會是怎麼個粉紅小泡泡了。』

粉紅小泡泡！

第三章

吳宜珊後來不知道過得是否安好？
永恆了陳仁鴻在書裡的吳宜珊，我希望她過得好。
把傷心留在過去，把人生好好繼續。

門。

有時候我真覺得與其說是一念之間倒不如一門之差來得貼切。

就好比當我聽完那顆心機少女蛋的滿肚子壞水以及粉紅小泡泡之後，在回到家門前的整趟計程車上、滿腦子都是祥恩的好祥恩的優祥恩的高高帥帥是個菜，怎麼搞的每天看成了習慣、習慣了的忽略、忽略的忘掉，但那顆少女蛋的提醒倒可真是就不必；然而當我回到家門前，門一打開是一身睡衣睡褲而且頭上還束著髮帶好讓劉海別遮到額頭的祥恩正在吸著地板時，瞬間的好瞬間的優瞬間的高高帥帥是個菜全給拋到我腦後去。

「你幹嘛在我家裡？」

『妳幹嘛提早回來？』

嘖，每次跟這個性格惡劣的傢伙對話感覺都活像是在自言自語。

『我家鄰居在裝潢房子，因為很吵所以就跑來啊。』

「但你啥時候也開始熱愛吸地板了？」

祥恩聳聳肩膀繼續吸地板：『可能潔癖也是會傳染的吧。』說著說著他自己竊笑了起來：『而且難得妳不在，我才有機會碰到吸塵器。』

「那你可不可以先把吸塵器關掉啊？這樣子對吼著講話是在練喉嚨是不是？」

白痴。

『算了啦。』在嘆息聲中關了吸塵器，祥恩才又酸不溜丟的接著又說：『雖然打從一開始就知道妳不是個溫柔的女生，但有的時候妳真的是可以試著溫柔一點。』說完還上上下下瞥我兩眼：『還有妳啊，倒是為什麼跟姐妹們外出反而還比跟男朋友約會來得更打扮啊？』

問得好。

好像是從祥恩先開始放鬆開來的。

當我們之間的進展由最長兩天一夜的內衣褲要記得穿整套之精心打扮約會路線，慢慢延伸成為祥恩會開始自然的分享我的單身小公寓、無論是床位鞋櫃或馬桶，甚至是附近難找停車位所以索性就近租一個，還有巷口倒垃圾一三五加收資源回收所以二四六他才可以不用過來之後，某年某月的某一天，我們照例是準備出門進行所謂的約會這動作時，我有點納悶的看著身旁T恤短褲夾腳拖和棒球帽的祥恩：

「你不換衣服啊？」

『這樣OK吧？』祥恩有點不解的低頭看自己：『昨天沒回家，所以沒有乾淨衣服換。』

「所以連頭髮也懶得弄？」

『只是看場電影而已啊。』

「也對。」

接著是下一次：

『妳不換衣服啊？』

「這樣OK吧？」我有點不解的低頭看自己：『昨天下雨所以沒法子去洗衣店。』

『所以連妝也不化了？』

「只是看場電影而已啊。」

『也對。』

此後我整櫃子的漂亮衣服和化妝品只有在姐妹們的聚會才派得上用場，而至於祥恩的球鞋牛仔褲則是專門穿回家換洗之用；有時候我會帶點溫馨的感覺我們好像已經是老夫老妻、嘴上吵吵鬧鬧但心底互相包容，但絕大多數的時候我們則絕口不提結婚這話題，無論是覺得還不到那時候，又或者就這麼一直下去也可以。

也很好。

直到——

『早上和小輪碰面？那她告訴妳了嗎？』

鴿子蛋嗎？我直線起身撲向他！

『喂！妳翻我口袋幹嘛啦！』

空的？

真他媽的宋育輪，果真沒騙我，鴿子蛋已經飛回銀樓鎮店去。

哎～～

很掃興的，我把問題丟回去給他：「告訴我什麼？那位少女蛋嗎？」

『王安憶寫的處女蛋這本書？』

「誰王安憶？」

『是一位中國女作家，有張愛玲第二——哎！算了，為什麼從不閱讀的人結果卻成了作家呢？』

「可能我真的是天才型作家吧。」

『但願我能分一點羞恥心給妳。』

「你自己省著點用吧，畢竟你的羞恥心也不是太多。」

『嘖。』

哈！

把吸塵器收好擺回原位，開了罐金牌台啤邊喝邊看我的卸妝時，祥恩才又繼續方才的話題：

「有個自稱是妳高中學長的傢伙打電話到出版社找妳，奇怪這事幹嘛小輪反而是告訴我而不是妳？」

想必是我的電話禮儀讓人印象有深刻。

「誰啊？幹嘛？」

『名字忘記了，但好像是聽誰說妳現在是作家所以想請妳幫他寫故事還是教他寫故事之類的。』

太好了！又來了！

想必是從吳宜珊傳開來的話頭吧，顯然我即將又要被請吃日本料理了。

太好了！又來了！

多年前那本為吳宜珊而寫的小說後來成了我的翻身之作，而那也是我和吳宜珊最後一次的見面、在星巴克看著她把陳仁鴻藏在眼淚裡卻沒說出來的那次。後來我就不曾再為任何人寫過小說了，即使是在我靈感卡死的最落魄那年也不考慮；很多作家是用盡力氣讓自己的小說看似真實，而我卻偏偏相反，執意相反。

為什麼？不知道。

不想知道。

吳宜珊後來不知道過得是否安好？永恆了陳仁鴻在書裡的吳宜珊，我希望她過得好。

把傷心留在過去，把人生好好繼續。

「倒是你幹嘛提議找我一起去香港的書展？難道只有我認為我們前幾次的旅行都是災難紀錄片嗎？」

『我也這麼覺得，所以這不是我的提議。』

「那麼想必是小 YG 不安好心眼的提議囉？」

『也不是。』還有：『還有，他知道妳還繼續叫他作小 YG 嗎？』

「噓～～」嘰咕竊笑：「但我有儘量在他面前不提小 YG 了。」

『妳喲～』

哈。

『是小俊的提議。』

「誰小俊？」

『對啊，誰是小俊？聽來好像你們很熟的樣子。』

哦，這麼說我就想起來了。

那個小俊，最後一次見面是在英國遊劍橋的好久不見這小俊。

我的國中學長小俊，堅持自己是我初戀情人的小俊，後來和淑婷交往起來最後卻被無情甩掉導致往後半年間的每個午夜夢迴都以淚洗面咬棉被的小俊。

那個小俊，孽緣未了所以一直重逢又重逢的沒完沒了這小俊。

某年某月的某一天小YG自作主張把我的電話給小俊，以至於往後發生了那麼一缸子鳥事，而最鳥的是又個某年某月的某一天我在電視上看到那檔我有幸參與卻無緣盡力的犯罪影集終於播出，當時我瞪大眼睛驚掉下巴的看著那一集那一個壞透了的殺了人還嫁禍人、最後老天有眼讓她死於非命還面目全非的壞女人剛好用的就是我名字時，立刻我把下巴收回把手機拿起把葉醺醺給吼了這麼一堆：

「喂！你！這整件事情都太過分了！虧我還敲鑼打鼓呼朋引伴的給你們捧場衝收視！結果咧？結果老娘的名字被你們惡搞成個破碎的人格偏差壞女人？這根本就說不過去！」

『有意思，小俊就說這樣搞，我才有可能會接到妳的電話。』

好久不見的這葉醺醺的有意思！

「有意思，下回就輪到你名字出現在我書裡而且還是衰過來又衰過去！」

『哎、別這樣嘛，夢姐她說——』

然後我就驚得掛了電話，雖然理智上也明白那位本來是該混竹聯幫而非電視製作人的夢姐這會是不可能出現在我房間裡的，但感情上我就是忍不住想要瞄瞄我的左小指確認它還待在我手上而非被夢姐給砍了掉。

『真驚訝妳居然也會有怕的人。妳想我們有沒有機會請那位夢姐吃個飯、見個廬山真面目順便要張簽名照？』

聽完我和小俊外加夢姐以及葉醺醺的相遇之後，這是祥恩的第一個反應：笑開懷。

噴。

「我只是還想要愛惜我的左小指而已。」我強調，然後問：「倒是小俊那猴子怎麼又蹦出來啦？自從和他再別康橋之後，還真真好久沒他消息，差點還想為他早晚三柱香了咧。」

然後祥恩就笑了起來，不懷好意的笑了起來：

『妳怎麼對自己的初戀情人都這樣壞嘴巴啊？』

「初戀——」

哦～～老天爺，我甚至反胃到沒法子把初戀情人這四個字順利說完整。

「我是那猴子初戀故事裡永恆的路人甲！我就再強調這一次！」

『哈～～』

哈個屁。

終於他媽的笑夠之後，祥恩才拿出指甲剪喀啦喀啦的邊剪腳趾甲、邊說這小俊：

『好像是什麼個因緣際會的跑到香港去發展了吧，替當地的經銷商做書籍代理採購之類的，是有個正式職稱沒有錯，但問題就是那職稱太正式所以我總是記不住；只記得小輪說當時他還特地寄了張名片到出版社打招呼，但名片好像被看幾眼之後就不曉得被誰丟到垃圾桶去了。』

「是紙類的資源回收箱。」

我更正。

因為就是我丟的。

忘了是去年的哪天我去到出版社找宋育輪閒扯淡、兼看小YG依舊對著空氣說我壞話時、宋育輪她拿給我看的，那時候我好像接過名片說了句：「這猴子是誰？」之後就把名片隨手丟到紙類回收箱去了；說來還真是有點對小俊不起，先是忘了我是他初戀故事裡永恆路人甲的這回子事不說，接著又忘了在英國關心他幹嘛跑去淚光閃閃遊劍橋，後來甚至就是連他是誰都整個忘光光。

對不起了、小俊。

『……倒是個不錯的選擇。』

回過神來，祥恩這會兒還在自顧著說。

「什麼不錯的選擇？」

把腳趾頭伸到祥恩面前好方便他幫我剪腳趾甲時，我漫不經心的問。

『作家啊，放棄寫作之後轉換的相關工作，這個正式職稱到底是叫什麼的工作聽來倒還不錯。』

「你有興趣？」

『嗯啊，妳呢？如果不寫作的話。』

「我還沒想過。」

是有想過，但總也只是想想而已。

「但反正不會是當人妻——噢！」

話才說完，祥恩就正好不小心剪到我的腳縫肉，而我則是不小心想到已經飛得遠遠的鴿子蛋這會可能已經更是飛到天涯海角去了。

真是光想就痛，不是我的腳縫肉，卻是我連看一眼也無緣的鴿子蛋。

「聽說——」

才想像個大人一樣好好面對這件事情說清楚講明白、順便試探一下祥恩的態度時，他卻不自然的收了指甲剪，並且把話題給轉了掉：

『哦，結果房東還是親自打電話告訴妳啦？』

「告訴我？！」

又個什麼我該知道卻還不知道的鳥事嗎？

『房東、不，正確說來是房東的兒子。』多此一舉的更正之後，祥恩才又說：『小房東昨天通知大家說，想趁著現在大選後房價正好時把這棟大樓賣掉獲利了結。』

「獲利了結？！」

『這幾天應該就會開始有買主來看房子了。』

「看房子？！」

『其實小房東這觀點和我爸剛好一樣，都認為這波慶祝行情過後、房市會開始走向空頭。』

「空頭？！」

『再加上油價還是持續看漲、帶動原物料價格跟漲不停，在通膨疑慮加重之下，央行勢必會調高利率，如此一來銀行不但緊縮銀根，而且重點是房貸族——』

說到這裡，祥恩停了下來，好像等著什麼似的盯著我看：

『奇怪，妳怎麼不再驚訝的重複我的最後一句話？妳那副呆樣和妳的睡前呆還真是有過之而無不及的好笑。』

因為我已經呆到破表又破表了！不是祥恩居然能夠一邊做伏地挺身一邊還面不改色的倒出這一缸子的經濟觀點，畢竟他家老爸是銀行經理而他自己也是財經系畢業，卻是——

「所以我得搬走了？！」

這間當年我跳下統聯拖著行李直接就搬進來從此換也沒換過的心愛小公寓？這間打從我還是退稿界天后時就一直陪伴著我寫下一部又一部作品的心愛小公寓？這間雖然很不豪華又有點太過迷你但卻麻雀雖小五臟俱全舒適的很心愛小公寓？不管房租漲了幾次室友換了幾人我都想也沒想過要搬走的心愛小公寓？我的小公寓！

我的！

『除非妳把它買下來。』

祥恩的這話把我從巨大的恐慌中拉回現實，拉回我的小公寓。

我的小公寓！

我的！

「買下來？」

『不是妳這一間哦，而是這整一棟。』

「整一棟？！」

整一棟？！

第四章

可是現在我不再相信童話故事，有時候我甚至覺得在現實版的童話故事裡，會不會白雪公主後來都變成壞心眼的後母？是不是這故事就是在影射婚姻劇裡最愛著墨的婆媳問題？會不會睡美人想告訴世人的是在婚姻中非得睜隻眼閉隻眼才行？可不可能大野狼一開始也是個小紅帽、如果不是因爲婚姻的話？而小木偶——

我覺得童話故事好累，現實中的童話故事好累。

『是個 Sign 。』

嘆了口氣，淑婷說。

順著她的長睫毛望去，我看見淑婷正神情哀傷的凝望著她無名指上那枚 Cartier 鑽戒，本來我以為她這是在哀傷我的無緣鴿子蛋，以及準備大肆討論人為什麼要結婚又為什麼不結婚的這回子事，然而接著往下聽去時，我才知道原來並不是。

『感謝我的忘了第幾任男友從華爾街傳來的小聲音，在去年就提早建議我把所有的投資全部獲利了結——』

「哦~~又他媽的獲利了結這四個字。」

『第七次什麼？』

淑婷好耐心的笑咪咪問道，而我則好意會過來的這麼道歉：

「不要隨便打斷別人說話，第七次提醒，Sorry 。」

『乖。』

好滿意的淺淺笑，但眼神卻哀傷依舊的望著 Cartier ，淑婷繼續又說：

『雖然當時心存疑慮但我還是照著就做，畢竟我的銀行存款有一半以上都是從他的建議投資賺來的。接著沒多久，美國次級房貸的新聞就傳來了——』

「次級房貸？」

這次淑婷沒有第八次提醒我不要隨便打斷別人說話，反而是就著次級房貸這陌生字眼花了好一番力氣的解釋，不確定是幾分鐘的時間過去但總之是我雙眼開始渙散進而放空的時候，淑婷決定別再浪費彼此力氣做這解釋。

『總之還好及時獲利了結我手中所有的投資，於是避開了後來被套牢慘賠的命運，以至於這陣子當我照例是看著財經新聞時不是淚流滿面而是好險好險。』

好險好險。

當時被叮嚀暫時別再做任何投資並且全數贖回換成現金的淑婷、望著存摺裡那堆有厲害的數字、一時間居然亂了方寸——難不成是要拿這筆錢飛去巴黎的第五大道掃光每一家精品店嗎？撇開淑婷的房間已經被名牌們塞爆到連走路都要踮著腳尖不說，更別提從來就不敢單獨旅行的她想來想去怎麼也只想到我這個有點小錢又十分有閒的旅行伴——

『考慮到那次和妳去曼谷的可怕經驗我就放棄了這念頭。』

「謝啦。」

『雖然妳是我最好的朋友，但老天爺，妳真的是最糟糕的旅遊伴。』

「謝啦！再一次。」

還有，王八蛋！

是這麼個亂了方寸的令人羨慕到聽了就想拿包包打她頭的左右為難之下，直到有天

——

『是個 Sign。』

淑婷又重複了一次這句話。

有天照例是起了個大早的淑婷，在梳洗過後照例是往臉上抹著昂貴乳液好維持她粉嫩嫩的小臉蛋時，突然犯起一陣沒道理的心慌慌。

『抹完乳液後我倒是還能做什麼事呢？難不成要我每天去 SPA 嗎？還是說我能不能每個早上就呆在鏡子前面抹乳液呢？』

淑婷又嘆了口氣，而眼神則更加的哀傷。

向來是把自己保養妥當吃個早餐之後便開始埋首各國股市匯市基金和期貨直到午餐的淑婷突然心慌得不得了，她努力的試著回想在以投資理財為生活重心之前的自己是怎麼過日子的？但就無奈她怎麼想也想不起個畫面來；就這麼呆坐著想了整早上的淑婷最後終於想出了個結論是：她要退休。

她決心再也不要因為銀行呆放著一筆錢就職業病（或者應該說是強迫症的）繳盡腦

汁用盡力氣要自己拿它去投資好賺更多錢於是自己錢太多而傷透腦筋（再一次的，我又想拿包包打她的頭而且是立刻！）。

『反正我已經賺夠錢了。』

「是賺夠了還是賺撐了？」

她不說，她嫣然一笑，她真他媽的。

『反正是從那一刻開始，我警覺到自己身上都是錢的味道，再多香水也噴它不掉。』

「我很願意為妳分擔這困擾、這錢的味道。」

『哈。』

一切就如同某年某月的某一天，淑婷突然決心退出戀愛界那般，這次決心退出富婆界的淑婷，在午餐過後拎著當年那只讓她成功變成小富婆的象徵性LV包包走出家門，只不過這會她去的不是二手名牌店卻是直直的走進銀行辦理他們專業投資者最不屑的事：定存。

『我的理專說什麼也不肯讓我辦定存，她簡直快要為此而崩潰，真是什麼跟什麼嘛。』淑婷氣嘟嘟的說：『太笨太傻太天真，而且如此一來我的利息收入會超過免稅額於是要扣稅什麼什麼的，真是聽得我煩死，這些鼻頭大的小常識還需要她來告訴我嗎？』

當時坐在VIP室裡吹著咖啡等涼喝的淑婷望著桌子那端口沫橫飛又苦口婆心的理專，她彷彿是看見過去這幾年自己那雙瞳孔裡戴的不是角膜放大片卻是答答答撥著隱形小算盤的嘴臉，她頓時覺得厭惡得不得了，她更加確定這個退休決定是正確。

「所以這就是幹什麼我今天陪妳走了整天路看了整天房子的原因？」

『是原因之一沒有錯。』

「那原因之二能否長話短說？實不相瞞今天的運動量已經超過我整年度的配額了。」

『這又讓我想起我們的災難曼谷行，不過是想越過購物中心走去上個廁所某人就呼天搶地的說累翻。』

「那廁所真的很遠好嗎？而且妳為什麼不在飯店就先上個廁所呢？」

『我那時候又沒有尿意！』

「沒有尿意還是可以上啊。」

『妳——』算了，『好啦，原因之二是我弟要結婚了，就在我決心退休的同一天，晚餐時候他樂陶陶的宣佈了這件事。』

「有個什麼我聽不懂，妳弟要結婚這跟妳要買房子什麼關係？」

『因為我可沒興趣當個同住屋簷下的惹人厭小姑啊。』

我緊張了起來：「莫非是我弟妹跟妳說了什麼不成？」
然後淑婷就抱著肚子笑了起來，非但不是呵呵而且還是哈哈的笑了起來，真娘的。
『都快三十歲的大人了，還跟爸媽住一起也不太像話嘛。』
「只有妳好嗎？」
她立刻翻臉：『哼，我不過早妳一個月變成三十歲。』
「這位少女，我指的是還跟爸媽住一起的這回子事。」
『哦……』
「更別提三十歲甚至可以是個媽的年紀了。」
『……』
「順道告訴妳一聲，小俊好像又出現了。」
這下子淑婷不但是立刻暫時性失聰，並且還很沒技巧的立刻結束小俊這話題：
『所以我說這是個 Sign 嘛。』
「我聽到耳朵長繭就是聽不出來 Sign 在哪裡。」
『Sign 在妳剛好需要找房子，而我剛好準備買房子，所以等一下雅蘭也會過來一起看房子。』

「我剛是有漏聽了什麼沒有？為什麼結論一下子跳到所以等一下雅蘭去？」
『因為雅蘭也是我的房客名單之一。』
「為什麼？」
『總不會是因為我想買間三房兩廳的公寓吧？』沒好氣的、淑婷說：『因為我實在是受不了她那間破雅房。天曉得她怎麼受得了一住就是七、八年。』
「想必只是懶得搬。」這個心情我了解，因為我也是。

這點淑婷倒是從來沒變。多年前她看不慣秋雯把青春投注在食物上面、於是介紹大胖給她認識，結果最後兩個人不但談起戀愛還結了婚生了娃；那一年她看不慣我的一屁股債、於是遞了張好大張的支票過來，結果我痛定思痛勇於負責，最後我不但還清了所有的債而且銀行裡還剩下挺美的一筆數字；而這年輪到雅蘭被她看不慣了。
「妳說破雅房可真是有恭維，危險建築還差不多。」
『是危險建築還是頂樓加蓋的違章建築？』
「妳是指那間破雅房還是雅蘭她本身？」
『哈～～』
「但是有個什麼我不懂。」

『請問。』

「這麼多年來妳不是就只去過雅蘭那裡一次嗎？」

『這就是為什麼這麼多年來我只去過那裡一次。』

「哈～～」

『所以當我提議她只消付同樣房租就能住到好房子時，她二話不說就答應。』

呃……雖然覺得有點沒面子，不過我還是決定問個清楚先：

「但妳有告訴她、好房子裡也有個本人在下我同住嗎？」

掩嘴偷笑這淑婷：『實不相瞞，因此我得替她負責找搬家公司。』

可惡的女人！簡直饒不了！

「有需要我提醒很久很久以前的畢業旅行那晚，雅蘭倒是幹了啥好事嗎？」

掩嘴偷笑第二次：『莫非是某人大便過後馬桶被塞住搞得整間小木屋臭掉所以我們只好坐在門口聊天等天亮？』

「沒錯，如果我這個人幹什麼那麼潔癖的話，那麼就是這件事的錯！」

『哈～～』

終於笑夠了之後，淑婷保證著說：『所以我會記得派給她一個自己的浴室。』

「而且通風要夠好。」我提醒。

『所以妳是答應囉？』

倒也不是這回事。「幹嘛堅持三個人住？妳又不缺我們這兩份房租。」

『因為妳愛打掃而雅蘭愛下廚至於我則是好熱愛採買所以剛好組合個完美的美人居哪。』

「還有？」

『好啦，主要是因為我不敢一個人住啦。』

「不敢單獨旅行也不敢一個人住？一個已經三十歲的理論上來說可以當個媽的女人？」

『這妳管得著。』淑婷不服氣的抬高了下巴：『還有，我這一輩子都不要當媽媽！』並且：『順便告訴妳好了，我還不敢一個人搭計程車無論白天還晚上，而且也不敢一個人進電影院還有搭電梯，怎樣？』

「妳真是夠古怪的。」

『不然妳以為我們怎麼變成好朋友的？』

說的也是。

『算了啦，如果妳是當膩了房客想自己當女主人的話，就直說也無妨啊。』

「我可沒興趣自己買房子。」本來嘛！我連車子都沒興趣買了、還提什麼買房子呢?真是光想就麻煩。「我名下有一個手機號碼兩個銀行帳戶三張信用卡和持續增加中的小說版就夠了、寶貝。」再說:「再說房東是打算要賣房子沒錯,但這又不代表他想賣就會賣出去,是吧?」

『容我提醒一下,你們那地段可熱門的,曉得妳搬來台北這幾年、那裡已經翻漲過幾倍了嗎?』再說:『再說,我指的是妳嫁給祥恩當他家女主人啦、笨蛋。』

太好了!不管聊什麼總能聊回結婚這話題,這下子我真真覺得自己是個大人了沒錯,又是房地產又是嫁人去,真他媽的是個大人了沒錯。

「我真懷念那些簡直是把時間當錢花掉的下午。」

『嗯?』

「很久很久以前,我們四個人,穿著丟掉也不心疼的便宜衣服,坐在幾十塊錢就好大一杯的便宜喫茶店裡,隨便聊著未來不知道會是什麼樣子或者大肆說著窗外往來路人壞話的那些下午。」

『為什麼?』

「雖然那時候口袋裡沒幾塊錢,未來是越想越感覺到不妙,但我們活得多當下,多開心。」

『為什麼？』

「因為那時候還真真不知道未來會真的很不妙，哈～～」

『為什麼？』

淑婷又對我笑著重複問，嘖嘖這淑婷，她每次都來這一招，好樣的。

終於直視著淑婷，我問：

「妳看童話故事嗎？」

『哦……尼羅河女兒的結局我現在還在等。』

「呃……就我所知那是少女漫畫。」

『哦……那 Hello Kitty 我也還是愛。』

「但那是卡通。」

『那哈利波特呢？』

「那——」

『算了算了、我盡力了。』打斷我、淑婷說：『不，我不看童話故事，怎麼了？』

「小時候我很愛看童話故事。」

小時候我很愛看童話故事。

那些我姐和我弟衝到街上和玩伴們玩紅綠燈或跳房子或躲貓貓或什麼也不玩就是單純的衝來跑去的童年時光裡，我總獨自窩在房間裡看童話故事書；我為人魚公主的付出感動，我為仙度瑞拉的委屈不平，我為巫婆的惡毒憤怒，我甚至有很長一段時間認為蘋果都很邪惡；不過還好的是，童話故事的結局總是happy ending，多peace，無論是王子吻醒睡美人，又或者長髮公主終於被救離高塔，都peace，happy ending得要命。

長大後我還是喜歡童話故事，從迪士尼到夢工廠，每部電影我都是首映當天就衝去看，連顛覆童話故事的史瑞克我也依舊是很愛。

可是現在我不再相信童話故事，有時候我甚至覺得在現實版的童話故事裡，會不會白雪公主後來都變成壞心眼的後母？是不是這故事就是在影射婚姻劇裡最愛著墨的婆媳問題？會不會睡美人想告訴世人的是在婚姻中非得睜隻眼閉隻眼才行？可不可能大野狼一開始也是個小紅帽、如果不是因為婚姻的話？而小木偶——

我覺得童話故事好累，現實中的童話故事好累。

第五章

是不是一段挫敗的感情，會把一個人變成是對方的模樣？
好讓我們在潛意識裡感覺這樣是安全？

當我們邊聊邊看房看到眼花花決定就近找家STARBUCKS待下歇著同時數落遲到鬼雅蘭直到她出現時，立刻這女人就三步併兩步的飛奔跑來，為的不是她遲到太久這回子事、卻是急巴巴的要宣佈：

『那個學長王亭越！』

接著半小時不到，就是連秋雯也氣喘吁吁的趕了過來。

而這會兒我們全員四個人待的不是最近一家STARBUCKS，卻是刻意找了家只消幾個銅板就買來好大一杯百香冰紅茶夠喝整下午沒問題的懷舊喫茶店裡——這種少女情懷的話題當然得是在這種往日情壞的地方聊才對味——雅蘭如此堅持。

「上次我們半小時不到就全員準時到齊是啥時候的事啦？」

吸著久違的便宜百香冰紅茶，我問。

在正常情況之下，在座這三個女人通常會是：『想必是妳的吸塵器壞掉那天。』或者：『這畫面我曾夢見過，但也只是夢見過。』也可能：『有次我們四個同時遲到一小時所以變成大家都準時的那次吧。』……諸如此類互揭瘡疤；然而這次顯然是個非常狀況，因為她們好有默契的決定捨棄我們向來非得抬槓個老半天才肯進入主題的默契而直接進入了主題：那個學長王亭越。

「是不是那個寫書法的學長?」

『什麼書法?』

「王亭越啊，妳們不覺得這名字聽起來是個很會寫書法的人嗎?」

她們同時瞪我，接著決定不要理我。

『我甚至得緊握大腿才能防止自己尖叫出聲。』

手舞足蹈的、雅蘭說。

差不多就雅蘭早該出門卻還只是準備著出門時的事，當時已經遲到了整下午的無恥雅蘭還在她的寒酸小雅房裡東摸摸西掂掂著醞釀出門情緒時，她的手機響起個陌生號碼，陌生號碼接起後傳來的是個有點耳熟又不是很熟的好聽男聲，好聽男聲以一種好似夜裡廣播 DJ 般的舒服語調說故事般的提起一個好久不見的名字：吳宜珊。

『吳宜珊?!』

「吳宜珊?!」

『是的，吳宜珊。』

多年前被我們的高中同學吳宜珊重新聯絡上的雅蘭，多年後則是被當時全校女生都明戀暗戀的學長聯絡上。

『我甚至得緊捏大腿才能防止自己尖叫出聲。』

意猶未盡的、雅蘭又重複了一次。

事情是發生在某年某月的某一天，這兩個人不約而同參加一個無聊透頂的社交場合——既沒準備雞尾酒、也沒擺上煙醺鮭魚的那種無聊透頂社交場合——接著不到一分鐘的時間，學長被吳宜珊驚呼著認出，而關於這點他自己是頗為驚訝的，因為他從沒想過自己會是個讓人記住的傢伙，畢竟高中三年他唯一有互動的人物如果不是學校圖書館的櫃檯女士那麼就是學校附近的早餐店老闆。

『這就是學長最迷人的一點，』淑婷插話說：『明明是個校園帥哥，自己卻好像不知道這件事。』

『和那些知道自己很帥，而且還深怕別人不知道他帥的騷包們不同，』秋雯附和：『這款帥哥簡直是極品一枚。』

「是不是那個把頭髮燙成御飯糰形狀的災難櫃檯女士？」

『重點不是那位女士好嗎！』

異口同聲、她們吼。

真是、呿～～

再一輪百香冰紅茶上桌之後，雅蘭才又心滿意足的繼續往下說去。

在那場沒有雞尾酒也沒有煙醺鮭魚甚至就是連杯咖啡也沒有的無聊透頂社交場合裡，這兩位在高中時連話也沒說上一句的學長學妹居然聊到一發不可收拾的決定提早溜走、移駕到飯店樓下的 lounge bar 好心無旁騖聊他個夠；在緬懷完青春已逝並且感慨完大人世界真真複雜之後，話題隨著小方桌上的 vodka lime 來到哪個誰誰誰當年是個怎麼著而今居然這麼著的今非昔彼真真想他不到時，我這傢伙立刻從吳宜珊腦子裡的小泡泡變成是她嘴裡飄出的關鍵字：

『這讓我想起班上有個蹺課王，』嫌不夠似的、吳宜珊補充解釋：『她不是在蹺課，就是正在蹺課的路上，噗~~』還嫌不夠再補充：『以上兩者皆非的話，那麼她就是趴在桌子上課睡覺，哈~~』補充個夠之後的咧嘴笑：『但她現在居然當起作家來，人生哪、真的是……』

真的是有夠圈圈叉叉的。

「真他媽的宋育輪，」我不爽：「原來打電話到出版社來找我的學長就是學長王亭越，王亭越！」

『她沒告訴妳名字？』

「沒。而且她還是告訴祥恩而不是我。」

好吧！仔細回想她是有試著告訴我這件事沒錯，雖然當時這話題是我自己亂打岔而轉了掉的，太好了！這下子我可真得要戒掉亂打斷別人說話的這惡習。

「但妳們得曉得任何人的名字從宋育輪嘴裡說來感覺都像是個跑龍套的小阿三，所以這根本就不是我的錯！」

『明明問題就是妳。』

「顯然眼前我最大的問題是被吳宜珊捉包我換門號沒通知她。」

『還好妳沒通知她，所以這通電話才轉到了我手中，哈。』樂陶陶的，雅蘭說：『感謝老天爺讓我今天能夠再一次聽到學長的聲音。』

「再一次？」

雅蘭點點頭，接著坦承著回憶：『高中時我苦苦哀求那個學生會會長的直屬學姐幫我查到他電話，接著幾天之後我才終於鼓起勇氣打了過去。』

「然後？」

『然後我聽到他說聲：喂？』雅蘭臉頰浮出兩朵小紅暈，『接著就羞得掛了電話，真怕他覺得我沒禮貌。』

「是沒用吧？」我呿。

『是丟臉吧？』秋雯嘖。

而淑婷則是說：『我要過釦子。』
「啊？」
『啊？』
淑婷點點頭，接著坦承著回憶：『在他們的畢業典禮那天，我千辛萬苦穿過重重人海向他要了制服襯衫上的第一顆釦子。』
「結果？」
『結果早就已經被要走了。』淑婷眼角冒出兩滴小淚花：『可能後來我一直頻頻更換男朋友多少和這件事情有關係吧。』
「藉口一堆。」我再呿。
『沒說服力。』雅蘭嘖。
而秋雯則是說：『我為了他坐火車到嘉義。』
「啊？」
『啊？』
秋雯點點頭，接著坦承著回憶：『大學時有個週末我搭車回台中，結果看到前座有個男生長得好像他，因為真的很想知道是不是學長，所以就一路跟著他過站不停直到嘉義才下車。』

「結果是他嗎？」

『不曉得，走出火車站之後我肚子實在好餓，所以就跑去吃噴水火雞肉飯。』秋雯嘴邊響起兩個飽嗝：『再說，不管是不是學長本人，我都不曉得要向他說什麼啊。』

「白搭。」我又咕。

『無聊。』淑婷再嘖。

而雅蘭則問：『妳呢？』

我心底想到個什麼，可是我不想說，於是我只說：「我為了他開始寫作。」

『真的假的？』

好厲害，她們居然能在同一秒鐘同時倒抽一口氣。

「當然嘛胡扯的，白痴！」笨死了、這三個女人，「我們是第一天認識不成？」

『……』

他讓我想起賴映晨、其實我想說的是，或者應該說是：他讓我想起初戀的感覺。天曉得這到底怎麼一回事？因為嚴格說來他們都不是我的初戀情人，而學長甚至就是連初戀都搆不著邊的一個人、而只是我情竇初開時第一個暗戀過的人而已；但確實他讓我想起初戀的感覺，讓我想起賴映晨。

小翔才是我的初戀情人，但後來他瞞著我和他的初戀女友結婚去，這讓我很氣，氣多過於傷，因為他不是我最愛的男人，如果不是賴映晨的話、我也不會發覺這事情；賴映晨才是，他讓我第一次感覺到自己是在戀愛，而非和小翔交往時那般、感覺像是在處理一段名曰戀愛的關係。如果不是賴映晨的話、我想我也不會明白這兩者的差別何在。

可是那一段很傷、和賴映晨的那一段，是傷不是氣，傷我取代不了她、他記憶裡的她，傷我只是個替代品，替代他愛情裡的她，傷。

很傷。

可是那是我最憧憬結婚的時候，和賴映晨交往的時候。

我想為他穿上白紗，我想成為他的新娘，我想我們的名字被放在一起。

我還想成為他那間有質感卻沒感情的黑色公寓的分享者，想為他變成一個小女人、貓似的溫馴小女人，也真為他變成個小女人了，不屬於真我的小女人，朋友看也看不慣的不像我的小女人，我甚至因他而愛上那總是煙霧瀰漫的無名咖啡館，合適回憶也使人陷入回憶的無名咖啡館。

可是後來不行了，我們散了離了走不下去了，連帶的那份當初想要結婚的衝動也沒了，不見了，哪去了？如果那時候我遇見的是祥恩呢？是不是一切就會不一樣了？在對的時候沒有遇見對的人，是不是這樣說？

我打從心底知道祥恩就是我對的人，但怎麼那份想要結婚的衝動卻不見了呢？

怎麼會這樣呢？

是不是一段挫敗的感情，會把一個人變成是對方的模樣？好讓我們在潛意識裡感覺這樣是安全？就像是現在恐懼婚姻的我之於賴映晨那樣？

我為什麼又想起他？怎麼又想起他？

「妳覺得人是為了什麼而決定結婚？」

在回家的路上，我忍不住的問秋雯。

『年紀到了。』

想也沒想的、秋雯說，於是想也沒想的、我照樣照句：

「或者年紀過了。」

『或者肚子大了。』

「或者工作累了。」

『是有在影射我的意思嗎？』

「哈～～」笑他媽個夠之後，我悻悻然地才又說：「總之不會是為了顆鴿子蛋。」

秋雯一副這才想到的表情，問：

『傳說中的鴿子蛋倒是現身了沒有？』

「沒。」再一次的、我悻悻然：「而且我為此疑神疑鬼到差不多快要崩潰掉。」

『就像是昨天晚上，我脫口而出：我不知道！不要逼我！但結果聽清楚之後才曉得祥恩問的不是向我求婚，卻是宵夜我想吃什麼他準備要去買。』

『哈～～』

「更別提他門才一關上，立刻我又翻箱倒櫃的尋找鴿子蛋。」

哎～～

笑他媽個夠之後，秋雯聳聳肩的才又說：

『也可能只是單純的想要有個自己的家吧。』

「嗯？」

『我和我的家人一向是很疏離的，這妳是知道的吧？』

「嗯。」

不是處不好，但就是無法擁有像家人的親密感。秋雯又說。雖然明明身體裡流的是相同的血液，但不知怎的、每當全家人待在一個屋簷下時，就是會感覺到自己是格格不入的話不投機半句多，好像身體裡有哪個基因是錯置了那般、疏離。

『小時候還會因此而感到難受耶。』

「我大概懂，雖然我和我媽的個性簡直是copy過來的難相處，但確實妳說的那感覺我也有。」

『我們大概就是所謂的物以類聚吧，當然我指的是對家的感覺而不是妳的難相處。』

「謝啦。」

『哈～～』

噴。

『有陣子我還迷信的以為自己是不是對於家庭這方面比較緣分薄弱那樣子的宿命論，但還好後來遇到大胖也生了小胖之後，才明白原來不是那回事，我還是可以擁有我自己的家，而我是家裡的一份子，不只是血緣上的、更是情感歸屬上的。』

「我很高興聽到妳沒有把我的過河拆橋肥虎斑算在家人的一份子裡。」

『哈～～』

『我的看法是這樣，』話說一半，秋雯卻立刻以跑百米的速度衝到路邊小販去買了兩根烤玉米回來之後，這才又氣定神閒的說：『戀人們考慮著該不該結婚，就像是上班族徬徨著該不該換工作一樣。』

「有意思。」還有：「這玉米烤得好。」

『沒錯。』然後：『如果新的工作沒有比現在的好，那我們倒是幹嘛要換？』

「有道理。」

『所以呢？妳覺得人是為了什麼而不想結婚？』

我沒回答秋雯這個為什麼，我反而是立刻跑去買了兩杯梅子可樂回來搭配這兩根烤玉米，在唏哩呼嚕的喝它一大口還打了個飽嗝之後，才好感慨的說：「想不透，為什麼人活到了某個年紀，好像人生就只剩下兩個選擇：結婚，或者不結婚。」

『To be or not to be, it's a question.』

「妳很冷耶。」

『物以類聚。』

「屁。」

『哼。』

把玉米嗑光、可樂吸乾並且同時丟進垃圾桶之後，我無奈的悶吼：

「哎～～大人世界真夠悶，話題聊來聊去總免不了繞到房地產啊投資啊或者結婚不結婚這上頭去。」

『歡迎來到大人世界啊。』

「嘖。」

『說到房地產，我們家對面那戶倒是有意思要賣，妳們要不要找天來看看它適不適合當妳們的美人居順便我們剛好當鄰居？』

「哎～～大人世界啊大人世界。」

『還是妳想直接結婚去？』

「哎～～兩個選擇啊、只剩下啦。」

『把我這句話聽進耳裡去吧、同學。沒有人可以永遠不變的。』

這倒是。

這會就是連我的天變地變它不變的心愛小公寓也即將被賣人去。

「感覺好像我的心愛小公寓。」

『啥？』

「剛剛妳說的那一堆什麼結婚工作的，感覺就好像我的心愛小公寓。」

『什麼啦、到底？』

「我不想換更好的工作，結婚過更好的生活，只想要好好過我現在的日子，住我的心愛小公寓。」

小小的，舊舊的，甚至在名義上並不屬於我的心愛小公寓。

十坪大的空間還硬是被規劃出一房一廳一衛浴，是有個簡易廚房但只能擺個容量永遠放不夠的小冰箱，是有個小浴缸沒事我就會泡個澡但因此洗衣機沒得放，我在家裡光是臥房甚至就比它大好多，但問題是我不想要再大再好，我就是喜歡它現在這個樣子，喜歡我的心愛小公寓；我喜歡書桌前的那扇窗，心情沮喪時我總望穿它，心情不好時我更打開它往街上亂丟紙啊筆的，這很缺德我知道，對不起我道歉；我喜歡我的心愛小公寓，喜歡那有裂痕的天花板，失眠的夜裡我就是望著它，總是望著它，失意的夜裡我更是望著它；喜歡那扇加裝很多鎖的大門，感覺好安心，鑰匙總共給過兩個人，收回過一次，但它再開啟再關闔它永遠歡迎也收留我的門；我的心愛小公寓不豪華不時尚甚至還有點不方便，鄰居老是換啊換，樓上的大胖子房客已經搬走，隔壁的貓叫室友也早已經珍重再見，就剩下我還在，還住它還喜歡它，習慣它，依賴它。好好的為什麼要變？

為什麼？

第六章

在愛河旁的飯店以及過量的長島冰茶的鬆懈裡，我們繳械投降地坦承對於彼此眞正的感覺：互整是好玩也是僞裝，僞裝對於彼此的情生意動，掩蓋其實想愛卻又害怕被拒絕的膽怯。

眞的是命中註定的一天，如果回想起來我眞這麼覺得。

遠遠的我就看到她了，那顆蛋，少女蛋。

她一身的黑色細肩帶印花短洋裝提醒我這會時節已經來到七月的夏，螢火蟲已經收工不再亮屁股，而傳說中我的無緣鴿子蛋則依舊只聞其聲而不見其蹤，至於免費的順便香港遊我則依舊還沒決定好去是不去，而這就是幹什麼今天我特地跑一趟出版社的主要目的。

算來我和祥恩也已經認識兩年超過，回想我們認識的最初同樣是在這座電梯前，不同的是這會我們並非在出版社門口卻是在出版社樓下，相同的是那時候我和祥恩整個互看不順眼而且還互整，這會兒我和她應該也是相同心情沒有錯，只不過她臉上甜滋滋的笑容可沒洩露出半點痕跡。

真他媽的少女蛋，青春洋溢又美麗。

一身黑色細肩帶印花短洋裝底下露出的是一雙白嫩嫩的細細腿，天曉得她如果和街上那缸子傻女孩一樣、穿件短熱褲或是小短裙卻內搭連身黑褲襪熱死自己和別人眼睛的話、我還會多少喜歡她一點，可她不，偏偏不。她年紀輕輕卻衣著品味良好，她眼睛水水她長髮亮亮她臉頰嫩嫩她笑容甜甜她為什麼就不能當個稱職的討厭鬼呢？

『請問到幾樓？』

像個專業的電梯小姐似的按住電梯門，她笑盈盈的問。

「妳難道不也認為當著別人的面關上電梯門是件討厭卻快活的事嗎？」

本來我是很想這麼真性情的反問她，但想想還是算了，畢竟我們只是打過照面還稱不上認識。

「和妳一樣，謝謝。」

結果我是故意模仿她甜滋滋又笑盈盈，不過顯然很不成功，而且還讓自己看來活像是胃痛卻還擠出笑臉，嘖，算了也罷，反正我本來就不是這塊料認了。

「祥恩不在出版社喔。」

『什麼？』

「妳明明聽到了。」我試著保持風度好心的說：「所以妳今天是白跑一趟囉。」

『我們認識嗎？』

閃著水水大眼睛、她一派天真的無辜問道；真是太好了、這顆心機少女蛋才沒有她外表看來那麼完美無瑕，我開始有點喜歡她了。

「我們見過面哪、不是？」

這會兒她索性頭歪歪的望著我，真是老天爺，我差點就被她電到了。不，更正：我差點又被她電到了。

第一次見到她的時候我就被電過一次，是在祥恩簽書會那天，說明白點是我和祥恩在台上互相飛踢丟麥克風的那次全武行簽書會，在武打畫面發生之前、挨在咖啡機旁邊狂吃蛋糕的我，遠遠的就注意到她了，沒記錯的話那天她好像也是一身細肩帶短洋裝，只不過那時候的她頭髮比現在短些，獨自來到簽書會場的她在人群中顯得十分搶眼，無論是她那張甜甜的小臉又或者她凝望祥恩的專注眼神；記得當時嘴裡吞著蛋糕手裡倒著咖啡的我還心想這小妞可真甜美、和祥恩擺一起的話肯定很登對，待會輪到她簽名時可得提醒小 YG 幫他們合張照。

只可惜所謂的待會在那天並沒有發生，因為接下來在台上的壞心眼祥恩拿著麥克風不懷好意的介紹我，而下一分鐘我們就在台上踢來又踹去，而再接下來……

再接下來我們相愛，在愛河旁的飯店以及過量的長島冰茶的鬆懈裡，我們繳械投降地坦承對於彼此真正的感覺：互整是好玩也是偽裝，偽裝對於彼此的情生意動，掩蓋其實想愛卻又害怕被拒絕的膽怯。真的是命中註定的一天，如果回想起來我真這麼覺得。

如果沒有那天的那場鬧劇呢？或者更乾脆的說是、如果把那天從我的人生中抽走呢？那麼我往後的人生會變成什麼模樣？我的人生依舊爛帳一筆？我對愛情依舊保持距離？我和祥恩繼續過著明明互有好感卻偏偏逞強成互看不順眼的日子？直到這份悄然滋長的情愫終究在時間的消磨之下消失殆盡，還情人沒當成卻擦槍走火真成仇人？

而我真正想的是，如果沒有那場鬧劇、會不會那天她就如願的和祥恩簽名合照告白邀約，而不是——

『妳毀了祥恩和我的未來！』

在走出電梯時，她說，頓時換了個人似的說。

「妳總算放棄裝陌生這戲路啦？是人格分裂還是怎麼著？」

『是怎麼著妳管不著。』

嘖嘖嘖，這怪怪美少女，除了祥恩之外我還真真難得遇到沒禮貌對手，而且還是人格分裂的那一種。

『要不是那天妳鬧場的話，祥恩早就是我的了！』

「什麼時候十二星座多了個自大座啦？」

『聽不懂妳在講什麼。』然後，再一次：『祥恩是我的才對！』

「有完沒完妳這顆蛋！某年某月某一天妳就在樓下轉角星巴克對我強調過了。」

『聽不懂妳在講什麼。』

又來了！

然後我火就上來了：「聽不懂妳在講什麼小姐，那我就再講清楚一點。」

去年冬天十月裡第三個星期五，我們在樓下轉角星巴克狹路相逢時她就對我倒過這麼一缸子話了，那是我第一次親自感受到這顆蛋的存在、而不是宋育輪她們編來唬我的玩笑話，那是自從我和祥恩在簽書會上大打出手之後、再一次我在公共場合覺得很丟臉，因為被她這麼一吼之後，在場所有的陌生人都誤會我是個搶人男友的狐狸精，以至於那杯焦糖冰咖啡喝得我整個窩囊掉，而且天曉得她明明看起來就比較像個狐狸精，噢～～該死的她不但明明看起來就比較像而且她也正打算這麼著！

她一直在這麼著！

「剛剛妳一路上裝陌生時，我還誤會妳終於有了羞恥心於是裝陌生咧。」

『聽不懂妳在講什麼。』

「妳——」

算了算了，再和她瞎下去我肯定氣掉半條命。

『反正祥恩是我的。』

推開出版社的玻璃門時，我聽見這顆怪怪少女蛋還在我身後不死心的吼。

「隨你媽的便，要就請拿去。」

『妳！』

哈哈，氣死妳。

『反正我跟祥恩比較配。』

「隨妳怎麼說。」

『反正我調查過了，妳還大祥恩三歲。』

「是兩歲！」我氣呼呼的更正她，「那又怎麼樣，反正聽不懂妳在講什麼小姐。」

『什麼小姐？』

「需要我分一點幽默感給妳嗎？」

顯然她覺得很不需要，因為她繼續又說：

『反正妳今年九月就三十歲了，而我和祥恩還在二字頭的這一邊。』

「……」

真是氣死人的蛋，乾脆把她揍成蛋花湯來喝吧？對！就這麼辦！

氣呼呼的把她甩在玻璃門之外，轉身我直直的衝往我的老位子一屁股坐下，照例是蹺起二郎腿、吹著手指頭、扯開喉嚨我喊著：

「喂！哪個誰去給大作家煮杯咖啡喝先哪！」

接著下一秒我得到的回應並非預期中小 YG 的冷嘲熱諷要我換梗，卻是嚇死人的真真來了杯咖啡遞上桌，同時是好久違的：

『嘿學妹，好久不見。』

擺出招牌的花輪真人版自以為帥姿勢、小俊說；而我則驚得差點下巴沒給掉到咖啡杯裡去。

「所謂的有個學長在等我、原來就是你哦。」

『不然妳還有哪個學長嗎？』

王亭越學長。

「小 YG 咧？」

『小 YG？』

呃……太好了，又說溜嘴了我；搖搖頭，把眼前這混亂搖走，我改口：「別提小 YG 那隻狗了。」

『哪裡有狗？』這傻蛋還當真東張西望著找狗，『你們出版社現在養了條叫作小 YG 的狗？』

「嗯啊。」這傻蛋應該不會鬧到去向小 YG 求證吧？「倒是我家主編哪去了？怎麼沒見他待在座位上對著空氣說心事？」

『他和宋小姐去挑婚紗啦。』

「哦、對吼，還有個宋育輪。」難怪這會我屁股底下這椅子空空如也，搞得我一時錯把這會當從前，真是呿～～「倒是聽說你現在混到香港去當個什麼？」

『海外版權部經理。』

「海外啥？」

嘆了口氣，小俊細說這從頭：『說來是約莫去年的時候我終於拿到了畢業證書於是心想差不多也該回台灣了，但誰曉得卻在回程的飛機上遇到我現在的老闆而且還相談很甚歡，所以囉，』所以他耐心的放慢速度又強調一次：『海、外、版、權、部、經、理。』

「海外版什麼？」

『哎～算了。』邊嘆氣小俊邊掏出張名片遞了過來，低頭我一瞧，正是當時我和宋育輪瞥一眼就丟到垃圾桶去繼續聊天的失禮名片，『所以我今天不是以作家身分卻是經理身分來貴社業務拜訪的。』

「我倒是忘了你曾經也是個作家。」

『我可沒忘記妳是個失敗的編劇。』

「哼，隨你怎麼說。」

往小俊身後瞄了一眼空盪盪的辦公室，我疑惑：「除了座位上那個正趴著睡覺的工讀生，我倒是看不出來還有個誰可以拜訪的？」

『老闆啊。』

「老闆在？」

『是啊，不過他剛剛一聽到妳的聲音在大門口，就立刻關燈還把他辦公室的門反鎖假裝他不在，哈～～』

「哼，隨你怎麼說。」

『哇哇，妳知道我有多懷念妳的這句話嗎？』

「你病了你。」

『這句話也懷念～～』

「混帳王八蛋。」

『還有這一句～～』

瘋了嗎這傢伙？

把眼前這杯小俊喝過一口的咖啡喝乾（難怪他方才只消一秒鐘就能把咖啡遞上桌），為了體諒避不見面老闆的膀胱可別因我而憋到爆炸，於是我們達成共識決定離開出版社特地去到那年我們總去到的拉麵店吃個好久不見和解拉麵。

『剛剛誰和妳在出版社門口說話？』

在計程車上、小俊問，而我想也沒想的就回答：

「一顆瘋子蛋。」

『啥？』

「沒事。」

——反正妳今年九月就三十歲了，而我和祥恩還在二字頭的這一邊。

「欸，過了九月我就要變成三十歲了。」

『嗯，說來我還是認識妳之後才真正體悟到原來處女座是真的很潔癖。』

「我的潔癖是遺傳來的不是星座因素。」煞有其事的、我說明：「你曉得有次我回家時看到家母居然連電蚊拍都要拿來洗嗎？天曉得我可真慶幸沒看過她把垃圾給翻出來洗過一遍才拿去丟。」

『呃……』

「順便一提，我想我之所以好喜歡吃杏仁甜豆腐大概是因為它聞起來很有清潔劑的味道吧。」

『拜託告訴我這是妳在開玩笑的。』

「是真的啊，而且家母同樣也是杏仁甜豆腐的擁護者。」

『……』

大概是覺得這話題他再也吃不消，於是小俊快快的換句話說：

『說到這，阿姨倒是依舊青春如昔嗎？』

「青春如昔咧……真是狗腿瓜一枚。」

『本來就是啊，我上次看到她是我們國中時候耶。』

天哪，那已經十年有了吧？真可怕。我們真是老了，老掉了；我們已經快要邁向人生的另一格了，而祥恩卻還在二的那一頭，是不是真的蛋蛋和他比較配呢？

搖搖頭，把這壞心情搖掉，我說：「家母好得像頭牛，她活得可起勁了，顯然把家父和我登報作廢這回子事完全沒影響到她身心而且還有益她身心。」

『登報作廢？』

「嗯哼，因為有一年我幾乎沒回家，而家父則是把退休金全捐作公益，所以她老娘氣得把我們父女倆一起登報作廢掉。」

『沒開玩笑？』

「沒開玩笑。」

『哈～～聽來還是當年那個笑著威脅我的阿姨沒變嘛。』

「天變地變她不變哪。」

『所以過了今年九月妳就要變成三十歲了，怎樣嗎？』

到達拉麵店，喊來兩碗拉麵之後，小俊突然想到似的把話題又帶回剛才。

「所以祥恩年紀比我小的這件事就具體了起來，他在二、我在三，好個具體了起來。」

『就具體了起來，怎樣嗎？』

「他小我兩歲，你曉得嗎？」

『才兩歲，差二十歲的忘年之愛可大有人在。』

「謝啦，但眼前我可沒興趣和個正學會騎腳踏車的小男孩談戀愛。」

『噢～～被妳比喻得好噁心。』

哈。

「所以換句話說，當祥恩初來乍到這世界正被護士捉著打屁股時，我搞不好正成功的說出我人生中第一句完整的話。」

『所以換句話說，當他學123的時候妳已經在學ㄅㄆㄇ了？』

「是ㄅㄆㄇ還ABC？」

『隨便啦，那麼久以前的事誰會記得。』

「也對。」

也對，我們已經老掉了，也對。

『但是在愛情裡，精神年紀比生理年齡重要吧？』

「這倒是還好，因為我們的精神年紀同樣都很幼稚。」

『哈～～』

都很幼稚的我們真的合適走入婚姻嗎？

『突然的提起這個幹什麼？妳最近在寫的小說題材？』

「不，是因為最近有疑似會被求婚的風聲。」

『那恭喜啦。』

「恭喜個屁。」

『妳不想結婚？』

「是不是每段感情就只能以結婚收場呢？愛情只能這麼無聊嗎？」

『不然是要多有趣。』

「哦。」

嗑完拉麵之後我們好默契的走出拉麵店往對街的星巴克移動、就像從前那樣；在櫃檯前排隊等候時，小俊沒頭沒腦的突然說：

『大概是這方面的意思吧，我看過妳的三任男友——』

「三任男友？意思是你終於肯承認你不是我的初戀男友囉？」

『對，但是在我的定義裡，妳還是我的初戀女友。』

「呿。」

『我看過妳的三任男友——』

「你見過祥恩了？」

『還沒有，但這就是我這次回台灣的主要任務，不過倒是在那邊就已經聽說他不少事了。』打了個冷顫：『欸，聽說去年的馬來西亞書展結束之後，陪他一起去的企劃就被氣得立刻職辭不幹？』

「嗯啊，沒誇張的是立刻，聽說是淚灑機場的傳辭職簡訊給老闆還哭著跑開的樣子。」

『天哪，那我拜託妳這次香港書展可千萬要陪他一起去。』

「怎麼說？」

『他應該會賣妳個面子少發點脾氣吧？』

「這難說。」

『……』

「……」

『好啦，我的愛插話學妹，我知道妳剛才是故意打斷我不讓我把話說完，但我——』

「輪到我們了，我要焦糖冰咖啡，你要什麼？」

『大杯熱拿鐵。』小俊快快的說：『但和祥恩在一起的妳，是我看過最快樂也最自己的妳。』

「再加一份蛋捲，謝謝。」

『所以，要好好把握這個人。』

我低頭吸了口焦糖冰咖啡。

『還有，也千萬記住，請好好被把握。』

往嘴裡塞了根蛋捲，抬頭，我問小俊：

「就算是有個勁敵出現？」

『哦？』這小子的臉立刻好八卦的亮了起來。

「個性顯然和我一樣古怪，外表簡直活脫脫像是從偶像劇裡走出來的人，而且還是女主角不是女配角，」而且重點是：「她比我年輕好多。」

『哦哦？』

這小子的臉此刻亮得簡直可以當燈泡照明了，為了避免被眼前這顆八卦色燈泡灼傷，於是好壞心眼的、我補充說明：

「具體的形容，她很像是年輕版的淑婷。」撇頭偷笑：「哦、對了，你還記得淑婷吧？」

八卦色燈泡立刻唰地暗了臉色。

「我上回告訴淑婷、你回來了的消息，結果你猜怎麼著？她居然裝作沒聽見欸，你說這——」

『啊嗚～～』

哈！真是屢試不爽。

第七章

我們走過初戀的甜蜜期，我們正經驗愛情的穩定期，
我以爲我們的眼光是望著同樣的未來，我以爲我們會有未來。
妳們總說女人的青春可貴，那男人的青春就是垃圾嗎？

在小俊淚灑星巴克之後，我快快的喝乾眼前的焦糖冰咖啡接著硬是把他從椅子上拖走，並不是因為對面坐著個哭哭啼啼的傢伙會讓我感覺到丟臉、畢竟這畫面我從以前就很習慣（真是謝啦、吳宜珊）（好吧，還有我自己），卻是因為我瞄到對街站著祥恩還有那顆少女蛋，其中最令人一肚子火大的是他們看起來還聊得好開心！哦、好吧，其實我真正想說的是：他們看起來好登對。

「祥恩今天的通告是在這附近錄影的？」

『嗯啊。』然後，繼續：『啊嗚～～』

「再哭我揍你！」

『是，對不起。』吸了吸鼻子又按了按眼皮，仰頭望著天空，小俊才解釋：『所以我稍早才會提議來這附近吃拉麵，一來是省得跑來跑去，二來是有妳在的話祥恩可能會對我友善點。』忍了好一會兒之後，這愛哭鬼的嘴唇又開始顫抖：『噢～～老天爺，我現在實在沒有心情見祥恩聊正事，啊——』

我揍他。

『喂！妳還真的捶我的頭哦！』

「怎樣？」

『沒事。』然後小小聲：『下次小力點。』

「三個字，辦不到！」

『……』

「那顆蛋怎麼會知道祥恩在這裡？」

『什麼蛋？』

沒好氣的我說明這來由、這顆蛋，接著小俊先是恍然大悟然後機靈的倒退離我三步遠之後，他才說：『是我告訴她的。』

「……」

『這又沒什麼，粉絲會打電話來詢問偶像的行程是常有的事。』

「……」

『別告訴我妳沒幹過這種事哦，年輕的時候誰都會有這麼一段嘛。想當初周慧敏的唱片公司可真是被我煩死了。』

想當初小虎隊的唱片公司也被我煩過，有回我在住家附近無意間撞見小帥虎走出電話亭時、我還尖叫到燒聲、只恨為什麼沒有隨手帶個相機在身邊，雖然我當時也不過是出門幫我媽買瓶醬油——哦、老天爺！那可是多少年前的事了？在那個遙遠的年代裡數位相機甚至還沒個屁，這顆蛋八成年輕得沒見過傳統相機吧？她肯定不曉得原來從前從前相機是沒法子自拍的吧？這顆蛋在我意圖跟蹤小帥虎（也確實跟蹤了，原來他家離我家不遠）時搞不好才正在學ABC吧？

老天爺，她年輕得真惹人厭。

『……像是沾了沙的蜜，滿好聽的。』

回過神來，這小俊還在自顧著說，陶醉的說。

「什麼鬼？」

『那位蛋蛋的聲音，像是沾了沙的蜜，沙沙的甜甜的，還滿好聽的。沒想到她外表也真的是我會喜歡的那款。』

「淑婷款？」

說時遲那時快的小俊立刻又冒出兩泡眼淚，只不過他這次可沒忘記反擊：

『所以我就答應替她一起訂飯店了。』

「什麼鬼？」

『祥恩的香港行——』話說一半，他才突然想起什麼似的問：『對了，妳到底去不去啊？我再不訂機票的話會來不及哦。』

我沒回答小俊我到底去是不去，我反而直接掉頭走人，或者應該說是：被祥恩從對街傳遞過來的眼神氣跑。

那眼裡有笑，開心的笑，而站在他眼前的人不是我，此刻最靠近他的人不是我。

當我被自己氣跑回家接著打了通我早就該打的電話然後又神經兮兮的衝去超市再衝回來總共衝了五趟之後，祥恩才終於氣定神閒的打開這扇我瞪了三個小時那麼久的該死大門。

『妳突然穿得一身 OL 幹嘛？』

而，這居然是他首先關心的話題。

「因為我這年紀的女人通常是這身 OL 裝扮。」

只不過剛好我們四姐妹都沒有。秋雯是寬鬆的家居服，淑婷是昂貴的小洋裝，雅蘭的義大利餐廳則從來都只穿牛仔褲就好、就算是副理也不例外。哦……是還有個宋育輪沒錯，對，只不過她也從來沒穿過 OL 套裝，因為她家銀根硬到她可不需要上班，再說我想也沒有什麼公司會想要雇用她當職員，這點跟我可真像。

我突然穿得一身 OL 幹嘛？

我只是在第三次衝去超市的時候突然想到在蛋蛋這年紀時的那個我，那個我生嫩的對於所謂的人生和未來還不了解以至於能夠滿心歡喜的充滿想像和期待，那個年紀的我想像自己將來會是個充滿朝氣的上班女郎，在一棟亮晶晶的辦公大樓奮發圖強，態度是有點油條但實質工作絕對沒話說的讓人放心，那時候的我想像自己每天醒在上班前的十分鐘，接著匆匆忙忙穿起我的套裝同時手忙腳亂的上點淡妝雖然眼看已經遲到但還是任性的先衝到咖啡店去買杯咖啡，午餐會和同事大說老闆壞話，下班之後還嫌不夠的一起到居酒屋再續攤；那時候的我對於那樣的我充滿期待也迫不及待的把家母帶到G2000去買了此刻我身上這身套裝，只是誰曉得後來我休了學，我的人生急轉彎，我拿起筆我寫小說，我低潮許久我終究還是走出谷底，我的努力總能得到些成績我後來過著還算愜意的生活我從來沒當過一天的OL生活。

也從來沒想過要搶別人的男朋友，無論是那時候的我，又或者是一直以來的我。

哦~~真他媽的那顆蛋！她為什麼能夠理直氣壯成這樣？

『現在才幾點妳就吃晚餐？』

「現在才五點所以我不是在吃晚餐。」而且待會我和別人有個晚餐約，別人，別的男人！不是你，哈哈！「我只是在喝蛋花湯而已。」

『蛋花湯？』

「還有茶葉蛋和荷包蛋。」而你如果再晚點回來我八成會衝去淡水買阿婆鐵蛋再衝回來！

混帳！

『哦……這裡有個什麼我懂了。』

不管這裡的哪個什麼祥恩懂了，我都管他去的自顧著說：「荷包蛋是煎成半熟的太陽蛋所以你不愛吃，但你可以把茶葉蛋嗑掉，因為它沒滷透所以我不愛。天曉得每次買到沒滷透的茶葉蛋就會讓我有種接下來會發生什麼衰事的不祥感。嘖。」

沒理會我的廢話連篇，祥恩笑了起來的說：『妳是在吃蛋蛋的醋，對吧？』

「誰蛋蛋？」

『少演了妳。』

不理他，我把眼前的蛋花湯解決清空之後再繼續進攻手邊的荷包蛋，老天爺！再這樣下去我遲早會被那顆壞心蛋氣得蛋白質中毒外加膽固醇飆高！

還有祥恩這混帳也是。

『只是跟個讀者喝咖啡而已，這又沒什麼。』

「你明明知道她想染指你還和她一起喝咖啡？」

『她沒有妳說的那麼壞。』

「當然，那顆雙面蛋。」

『雙面蛋？』

「我懶得解釋。」
顯然祥恩也懶得聽我解釋，因為他自顧著又說：『而且還正巧坐在你們本來坐的那張桌子，靠窗數過來第二張，沒錯吧？』
原來他比我發現他們還早發現我們，太好了，緊捉住祥恩這話裡沒戳破的醋意，我有樣學樣的說：「那我也不過是和初戀男友喝杯咖啡而已，這也沒什麼。」
『小俊說他和妳一直就只是好朋友。』
太好了！被他設計了，這該死的小俊！
『咖啡，我是和小俊一起喝咖啡談公事，蛋蛋是因為剛好在所以也加入，這樣而已。』有夠得逞的笑起來：『我剛剛只是故意說，為的是想看妳吃醋而已。』
「幼稚。」
『我是。』
沉默了一顆蛋的對峙之後，祥恩像是突然、也像是再也不想把話往心底藏，他決定說開來：
『我當然知道這樣很幼稚也知道妳一直就不喜歡我幼稚但是不知道為什麼我剛剛就是想要這麼做，我知道我愛妳而妳同樣也愛我、不然我們幹什麼在一起？可是我們的感情逐漸變淡了、淡得公式化了，好像我們之所以相愛只是因為我們在一起、而不是因為我們相愛於是我們在一起，這麼說妳明白我意思嗎？妳明白這兩者的差別嗎？』

我想我明白。

『我知道這是兩個人交往必然的經過，可是我發現我很不喜歡這樣，真的很不喜歡這樣，淡得無滋無味，不是細水長流而是無滋味了。』

「……」

『我不喜歡的不是這必然的經過卻是我們好像不再願意花費力氣花費心思去經營這段感情，我不喜歡愛情變成是一種理所當然的對待：因為我愛妳所以妳愛我，因為我們知道彼此相愛所以我們不再彼此用心對待。而且妳知道我最受不了的是什麼嗎？是這一堆話應該是由妳來說而不是我，因為這會讓我整個娘炮掉，而和妳在一起總是讓我整個娘炮掉！所以，妳到底突然的這身打扮做什麼？妳又不需要上班。』

「最後的那個轉移話題沒成功。」在長長的沉默之後，我說，我接著又說：「還有，我也不喜歡。」

『不喜歡？』

「是的，不喜歡，我也不喜歡這陣子以來我們對於彼此的散漫態度以及拐彎抹角。」

『拐彎抹角？』

「是的，拐彎抹角。我從來就不是一個會拐彎抹角的人而你也是，可是自從新社古堡自從聽說有顆鑽之後我們就開始諜對諜似的拐彎抹角，我發現了而且我才不相信你沒發現可是我們都裝作沒發現對方發現了，為什麼？」

祥恩沒回答我為什麼，也不再娘炮的重複我語末的最後一句話，他反而沉默，他為什麼沉默？

「我是曾經憧憬過婚姻曾經幻想過我穿上白紗的樣子但那也已經是曾經，雖然我強烈懷疑這事其實你早已經聽說，因為顯然我們的朋友一個個的都很熱愛把話傳來又傳去，就像是聽說你要求婚聽說那顆鴿子蛋一直也只是她們傳來傳去的聽說，而置身其中的我們卻從來就不開口對彼此說，為什麼？我們為什麼會變成這樣？」

是不是這就代表了我們對於彼此合適結婚的不確定性？所以我們才會讓它一直只是個聽說？傳來傳去的聽說，卻，從不真正從我們口中說。

『感情上的資本主義者。』在長長的沉默之後，祥恩說，祥恩突然的說：『我是個感情上的資本主義者。』

我望著祥恩。

『當我用多少的比重去愛著對方的時候，我會希望對方也能是相同比重來愛著我；

當我為對方做了多少程度的改變之後，我會希望對方也是如此；當我在對方的身上有了多久時間的累積之後，我就會希望這段感情能夠開花結果。感情上的資本主義者，聽起來很現實，不感人，但確實我就是個感情上的資本主義者沒錯。』

我望著祥恩，而祥恩不再望著我，祥恩低著頭。

『我想要結婚，有個自己的家，是個老公，或許幾年之後還會是個爸爸，不是傳宗接代那方面的因素，也不是什麼日劇裡小說裡相親裡會出現的那種以結婚為前提的交往；而只單純的我是個會想要結婚的男人，可能我外表看不出來，但確實我性格上是個這樣子的傳統男人沒錯。我遇見妳，我愛上妳，我們交往，我們合得來處得來愛得來，我們看似相似但我們其實互補，我知道妳和一般的女生不太一樣，但我真的深信不疑我們會和別人一樣。』

我望著祥恩，而祥恩轉身。

『我們走過初戀的甜蜜期，我們正經驗愛情的穩定期，我以為我們的眼光是望著同樣的未來，我以為我們會有未來。妳們總說女人的青春可貴，那男人的青春就是垃圾嗎？』

我望著祥恩，我看見他正要離開。

「你要去哪裡？」

我問。雖然我真正想問的是：如果不結婚的話，我們就不會有未來嗎？

但我沒問，沒勇氣問。

『我去買包菸，我突然想抽菸。』

「祥恩——」

『我這幾天會住家裡，我知道妳不喜歡菸味，我只是不知道原來妳從來沒打算要嫁給我，雖然妳曾經是想要結婚的。』

「……」

『妳不是不想要結婚，妳只是想嫁的人不是我，都兩年了，都已經兩年了。』

在祥恩把門關上的十分鐘之後，我打開它跟著也離開，雖然我完全沒有頭緒自己想去哪裡，我只是知道我實在不該再對著那扇門發呆了。

我不知道我想去哪裡，也不知道此刻我有什麼感覺？該什麼感覺？我連吵架過後慣常會有的累也沒有，我有點懷疑我是不是其實沒有任何感覺。

我怎麼會沒有感覺？

在祥恩離開的第一分鐘我曾想過把自己關進浴室裡泡個他媽的熱水澡，讓身體放鬆讓情緒緩和讓注意力轉移，也讓門外的祥恩專心氣完之後再拿條浴巾進來給我，同時不甘願的丟下一句好啦是我不對、或是再數落個三兩句作為整個爭吵的句點，就端看是誰對誰錯。以前我們吵架時總是這麼收場的，可是這次沒有，這次祥恩他直接走掉，而我說不上有什麼感覺。

這事誰對誰錯？愛情什麼時候有過對錯？

無解。

祥恩離開的第二分鐘我想過打個電話給秋雯，不見得是聊起這個爭吵，或許是隨便聊些他媽的什麼天氣政治或美食；第三分鐘我想或許打給淑婷比較好，因為畢竟她比較專業；第四分鐘我想起雅蘭，因為狀況外的雅蘭通常能夠成功改變我的心情；第五分鐘宋育輪，第六分鐘小YG，第七分鐘小俊，第八分鐘我還是望著那扇門發呆，第九分鐘我明白我完全不想再說話、不想再跟任何一個我們共同的朋友說話、說這爭吵，我覺得我說的已經夠多了，雖然實際上我好像什麼也沒說，沒對祥恩說，也沒在該說的時候說。

第十分鐘我嘆了口氣，起身，開門，關門，我離開。也離開。

第八章

簡直就像是陌生人一樣，回頭看那些年的自己，難以想像我誤會了自己那麼多年。
所謂的青春就是這樣吧，不了解自己，而且對於自己還有很多的誤會。

直到上計程車時我才想起來我還有個約，還好我想起來還有個約，否則當司機問我去哪時、我真差點脫口而出那五個字。

距離約定的時間已經遲了半小時起碼，不過我還是告訴司機那個飯店的地址，我並不期望學長還會在那裡等著我赴約，畢竟我們的交情並沒有到願意空等對方的程度，甚至可以說是我們一點交情也沒有，我們只是在高中時待過同一個學校，我對他留有印象，但我懷疑他會對我有印象，我其實搞不懂他幹什麼執意想要見我。

我只是需要有個地方可以去有個人可以見而已。而那個地方最好不要是我們共同的朋友，否則我很可能會因為任何一句話甚至任何一句話也不必就輕易的放聲大哭或者誇張大笑，因為現在我的感覺來了，遲來的感覺來到我的身體竄進我的腦海我的心底我的眼角我的喉頭甚至我的鼻腔，我身體裡的每個細胞都無聲的吶喊著脆弱，是的，我覺得自己好脆弱，無助的脆弱。

我其實真正想去的地方是無名咖啡館。

『我載過妳。』

透過後視鏡望著我，司機斬釘截鐵的說。

「啊？」

『幾年前我載過妳。』一手握著方向盤，一手握著手排檔，在等紅燈的同時，司機又重複了一次，『我記得每個我載過的客人。讓我想想，大概已經五年以上了，上次我載妳的時候。』

「哦。」

我很想告訴他我沒有心情聊天，我不和陌生人聊天，尤其是計程車司機，因為他們好像總是有話要說；但此刻我不得不做的卻是命令自己把視線從他放在手排檔的右手移到後視鏡裡他的三角眼去，我不要想起賴映晨曾經告訴過我、計程車司機總習慣握著手排檔原因他說過但現在我忘了，只記得當時我是在他車裡而我坐在他的右手邊、不是他心的那一邊，我還記得他要我往後開車時小心這樣的駕駛因為他們總是自以為善於駕駛於是更加隨性駕駛以至於他們通常是路人眼中的危險駕駛（但結果我還是又想起來這原因了），而當時我告訴他沒問題因為我沒有駕照也不打算去考一張，而聽了之後他的反應是溫柔的笑笑沒再多說些什麼。

他總是溫柔，雖然他其實並不真的愛我，在我的定義裡、他其實並不真的愛我，他只是愛著我這個替代品，代替他遺失的小糖。

會不會其實我比較適合那樣的男人？反正每段感情都會被我搞砸，那麼我們又何必愛得太認真？

反正愛情這件事我寫得總是比做得還好。

反正。

『……那時候我試著和妳聊外星人存不存在。』

回過神來，三角眼司機還在繼續說著。

「是哦。」

『那時候妳也是不太想理我。』

然後我就尷尬了起來，也因此確定他應該是沒記錯人。

「你記性真好。」

『是啊，如果記性可以換成金錢的話，我大概會是首富沒問題。』

「然後就不開計程車了？」

『還是照樣開計程車啊。我開車是因為我喜歡開計程車，而不是因為我只能開計程車。』

「我懂。」

『載著各式各樣的人去到各式各樣的地方，我覺得滿有意思的。』

「也滿人生的。」

這話他想了想，然後用力的點頭同意：『也滿人生的。』

「呵。」

『到了。』

「謝啦。」

在遞過鈔票給三角眼司機時，他轉過身，他又說：

『希望下次如果又載到妳的時候，可以看見妳是快樂一點的。』

「嗯？」

『我記得上次妳坐在這位置時，也是一張不快樂的臉，很像心頭壓著什麼事那樣。』

「那下次我快樂的笑著時會記得打電話叫你過來看的。」

『哈～～和妳講話滿好玩的。』滿好玩的三角眼司機痛痛快快的笑著，『如果每個人都可以更快樂一點的話，那這個世界就會變得更好囉。』

「或許吧。」

目送希望每個人都可以更快樂好讓這個世界更美好的三角眼司機駛離之後，這我才想起手機忘在家裡沒帶出門，算了也罷，反正我也不是真的想和學長碰面，沒有手機無法聯絡自然也不是個問題了，再說我都已經遲到那麼久了，有點神經的人通常都會知道這代表個什麼。

但是結果學長居然還在，從他身上的西裝制服我明白並非他是個沒神經的人、而只單純是他在這飯店工作，令我感覺到比較不可思議的是：手機忘在家裡也不是個問題，因為他一眼就認出我來、正如同我一眼就認出他來。

好個不可思議的人生，我心想。兩個不過是念過同一所高中並且在學校裡從來沒有過交集的人，在多年之後竟能不費力氣的認出彼此，而且，還聊得來。

在大廳旁的咖啡廳裡，從『妳沒什麼變。』「聽來是代表我這輩子都沒有變成美女的命？」『呵，妳和我想像中的幾乎一樣。』「我以為我已經儘量讓自己在別人眼中看來是個好人了。」『哈～～』開始，我們既放鬆又隨興的讓話題隨著咖啡延續。

慵懶。

這是坐在小圓桌對面慢慢聊開來的學長給我的第一印象，和賴映晨一樣的慵懶，但不同的是，學長的慵懶是溫和性的，而賴映晨則具侵略，後者侵略得讓人難以不愛他，而前者則溫和得讓人放心親近他。

不曉得他和他的白色金吉拉過得好不好？

他還在無名咖啡館裡嗎？

『所以，』把服務生喊來再往咖啡杯裡添滿咖啡之後，學長優雅的攪著咖啡和奶精，然後問：『妳是利用工作之餘的時間寫作嗎？』

順著學長的視線，我低頭看了看自己這一身的 OL 裝扮，我笑了起來：

「不，我是專職作家，這身打扮只是一時興起的好玩而已。」

我解釋，並且在心底命令自己不要想起賴映晨的黑咖啡還有當時總坐在他對面的那個我。

我聽見自己繼續說：

「因為作家的生活很無聊，天曉得為什麼有作家總是給人神祕的感覺，我常懷疑那只是因為他們不好意思被知道作家的生活其實很無聊而已。」

『呵，妳和我想像中的一樣。』他又重複了一次，『犀利得直接，直接得犀利。』

我本來以為他會就著這個話題問起為什麼開始寫作？怎麼開始寫作？……這方面問過又問的老話題，我甚至也打算好了隨口掰個失戀的故事或許再加個失眠的夜晚給他，末了再借用方才三角眼司機的話語——我寫作不是因為我只能當作家，而是因為我喜歡寫作——作個漂亮的 Endding。可是他沒有，他沒問，他反而自顧著回憶：

『聽到吳宜珊說起時，我其實一點也不意外，或者並沒有她以為我會有的意外，』學長邊說邊笑了起來，我發現他習慣把微笑留在臉上，我猜想這可能是他的職業使然。

『因為我對妳的第一印象就是和書本在一起。』

「哦?」

一開始我懷疑他壓根是記錯人了，接著再往下聽去，才曉得原來是我自己忘記了。

『圖書館。』他說。

我們第一次見面的場所是圖書館，當時他是蹺課跑到圖書館看書，而我們則是被帶去參觀圖書館的菜鳥新生，我之所以會注意到他是因為他很帥(就像當時其他所有的女生一樣)，而他之所以會注意到我則是因為我一直瞪著書架看，並且眼神裡還有很多的情緒。

『後來我看見妳總是帶著膠帶和剪刀到圖書館去修補那些損壞的書。』

我感覺到我臉紅了起來。

『幾年前有部日本電影《情書》妳記得嗎?那時候我又想到妳，沒想到後來真的能再遇到妳。』

「其實主要的是去圖書館吹冷氣啦。」我害羞的解釋，「那時候學校只有圖書館隨時有冷氣啊，然後看到書破破的我真的很不舒服，而且反正也沒事所以就順手啦，哈哈。」

天曉得如果那位御飯糰髮型的圖書館女士同意的話，我還真真會拖著吸塵器去圖書館吸地毯。

『總之，今天能夠再遇見妳真的是太好了，我本來以為妳是失約了。』

他溫柔的笑笑，而我則內疚的乾笑。

如果不是和祥恩吵架的話，確實我是打算晃點他的，更甚至是，如果不是被蛋蛋給氣到的話，我連那通電話都沒可能打的。

我想證明什麼嗎？

「我倒是有點意外你在飯店工作。」拿起他方才遞給我的名片，我再次確認：「大廳副理？」

『嗯，怎麼說？』

「這聽來好像是份很需要開口說話的開朗工作，但我印象中好像沒見過你和誰說過話。」好吧，是從來沒有見過他和誰說過話，「而且好吧，雖然直說會有點抱歉，不過我真的對你的記憶始終停留在陰鬱這兩個字。」

他一點也不介意的痛痛快快笑了起來，在他痛快的笑聲裡，我聽見自己繼續說：

「所以搞什麼你不是從一個陰鬱的少年變成陰鬱的大人，而且還從事著感覺很需要開朗的工作嘛。」

我說。

但其實我想說的是我以為他不用工作，因為我一直無法自主的把坐在對面的學長嵌入我記憶裡的賴映晨，他們有太多的相似之處，儘管他們是全然不同的兩個人；於是我潛意識裡直覺以為他也是無須工作的，就像賴映晨一樣；他是個導遊但其實他並不需要工作，他只是想找他的小糖，他沒找到小糖他找到的是我，他把我變了好多，我說不上來是變好還是不好，我只是在想如果那年我沒有遇見他的話，我的人生會變得怎樣呢？

我忍不住的想，我還是會想。

然而我不得不想的是，我實在不該再繼續坐在學長的對面、想著回憶裡的賴映晨了，可我卻還是坐著，想著，也繼續聽著。

『是因為我父親的關係。』

我聽見對坐面的他慢慢說著。

因為家裡是經營旅館的緣故，於是畢業之後他自然而然地依照父親的規劃去報考高雄的那所學校學習旅館管理，雖然他壓根沒打算接班父親經營的旅館，他甚至有點想不透那麼老派的旅館為什麼不直接賣掉算了呢？

不過一聽到那所學校的入學考試科目裡沒有數學並且往後也不必再碰數學時，他倒是沒多想的覺得這樣也好，因為反正那時候的他也沒想過往後的人生要幹嘛；只是話說回來，在那年紀的我們又有幾個人是真的想透了未來要幹嘛呢？更人生的是，又有幾個人是真的想透並且確實的走向自己認為的未來呢？

『不曉得是不是學校剛成立的關係，那時候我們學校的圖書館很小，正確說來應該只能算是圖書室。不曉得後來擴充了沒有呢？』他皺起眉頭來，『上回聽說學校變了好多，連國中部都有了、就蓋在以前學校對面的那片空地上面。真搞不懂餐旅學校倒是要國中部幹嘛？有人在國小畢業時就決定好將來要進飯店工作嗎？』

他突然的提起這點，並且煞有其事的困擾著，看來他是真的很愛圖書館吧、我想。

在那個圖書館迷你到只能算是圖書室的學校裡，學長遇到他的初戀女友，白淨高瘦的氣質美女，聽來和他很相襯的美女，美好得簡直像是個校園童話；這段感情開始於女方的主動追求，而對於這點、學長他本人的感覺是受寵若驚的多，而聽者如我則是並不感到意外，因為他給人的感覺就是被動得很，寧願錯過也不肯主動表明的被動型男人，邱比特最討厭的人種。

我反而比較奇怪他這次怎麼會主動找我？可能人在現實裡磨了一圈之後，多少是會改變的吧，我想。

『有次我在電影裡看到個日本女星還嚇一跳，以為是她。好像叫小雪？』

我搖搖頭又點點頭，我直接了當的問：

「怎麼分手的？」

他看起來嚇了一跳，但我想應該不是我問得太直接的關係。

『妳怎麼知道我們分手的？』

「語感。」我解釋：「雖然中文並不像其他語言那樣有明確的時態，不過和文字相處久了，倒真能培養出這方面的敏銳度。」

『厲害。』

「還有一點最好判斷的是，通常人們會抱著不放的故事，都是傷心的故事。」

這話他想了想，接著同意的點點頭；我發現他有種善於鼓勵人的特質，因為我接著聽見自己賣弄似的說：「而死亡則通常會把當事人美化。」

『嗯？』

「面對死亡，人們通常會選擇性的只懷念死者的好而忘卻他們的壞，是感傷主義的作祟，也是生而為人的可愛之處。所以，這不是你們分手的原因，她還活著，而你還單身，你們是怎麼分手的？」

『又是語感讓妳判斷出來的？』他好奇的問。

「不。單身的人有種特有的神態。」我據實以告：「而且會特意找我的人，通常都是有個故事想說的人，而那通常不會是我的愛情好幸福我們過得有夠快樂那方面的故事。」

他笑了起來，把杯底的咖啡喝乾，原本伸手想喊來服務生再添咖啡，然而手舉一半卻又改變主意，他把手收回、順勢伸了個懶腰，問：

『妳喝酒吧？』

「咦？」

『要不要到樓上的 lounge bar？』他說：『這話題比較適合配著酒說。』

樓上的 lounge bar，移駕的我們，低頭望著酒單時我猶豫了一會，本來是習慣性想點杯長島冰茶，但此刻我想起上一回我喝長島冰茶時身邊坐著的人是祥恩，並且從此展開我們這兩年吵吵鬧鬧的感情，雖然明知道這猶豫未免迷信且矯情，但情感上我卻還是認為該為祥恩保留這長島冰茶，雖然情緒上我想喝得要命，想喝到甚至嘴巴癢癢，想——

「我想我還是喝可樂好了。」

『妳不是喝酒的人?』

還滿喝的、其實。「或許待會吧。」

『嗯。』

於是他點了杯名字很長的調酒以及我的可樂，接著就酒伴還有酒品這話題我們扯了一會，他說酒伴難尋而我說我的酒品很差，說完我的酒品是如何如何的令人崩潰之後，在他的笑聲裡我繼續說起上回和吳宜珊碰面的前後經過、為他即將聊起的話題作為暖身，末了我問他吳宜珊看來可好?他收起笑容認真的想了想，才說如果不是我提起的話，他難以想像當時坐在他對面的吳宜珊曾經有過那樣的過去。

『很難想像。』他又強調了一次。

「大概是重新活過來了。」

『嗯，乾杯吧。』

「敬什麼?」

『敬過去。』

敬過去。

『所以妳不會像為吳宜珊那樣為我寫書，對吧?』

「嗯，本來還苦惱著該怎麼告訴你的。」

『滿有個性的。』

「謝啦，不過我比較常聽到的形容詞是難搞又機車。」

『呵。』

把手中的酒杯放下之後，他開始慢慢的說起那女孩那分手還有那些年以及那些分手故事們和那些對自己的誤會。

『簡直就像是陌生人一樣，回頭看那些年的自己，難以想像我誤會了自己那麼多年。』他下了這麼個結論，然後把酒喝乾。『所謂的青春就是這樣吧，不了解自己，而且對於自己還有很多的誤會。』

總結的說那是一段尋常的分手故事外加一點點的例外之處，但沒例外到讓我改變主意為他寫書；已經沒有當時的那個心情了，我是這麼覺得的，不過聽完他的故事之後，倒是也足以讓我確認此刻喝杯長島冰茶也無妨。

無妨。

第九章

總說有些男人把性和愛是分開的，但我其實覺得把喜歡和交往分開也不賴，喜歡一個人不見得就要和對方交往，我眞的這麼覺得。

當我說完和祥恩之間的問題之後，此時話題隨著小圓桌上的酒杯更替變成是『我有個朋友』這開頭的愛情故事交換，我猜想大概是只要人活到了某個年紀，話題就會在所難免的轉到這方面去吧。

『我有個同學是這樣。』他說：『在網路援交這名詞出現之前，她就開始身體力行了，後來援交這名詞變成一種社會現象之後，我們還戲謔的說她真是走在時代的尖端。』Chanel的指甲油，他接著說：『在宿舍的聯誼廳裡她拿出一瓶Chanel，以『這一瓶才六百塊，很便宜。』為開頭，接著大剌剌的說這是和網友睡覺的禮物，真是搞不懂她突然的說這個幹什麼，後來想想她可能只是想看看我們會有什麼反應吧？不過我們當時唯一的反應是尷尬的裝作沒聽見，畢竟我們那時候也才十九歲啊。』他苦笑：『倒是害我有很多年的時間都以為六百塊是援交的行情，後來有次看新聞才知道並不止。』

「所以她那次算是賠本生意？」

他開開心心的笑了起來：

『不，她向來只收禮物不收錢，最令我難忘的是她的態度，自然又正面。這個比喻可能很不恰當，不過當時她給我們的態度好像只是在談論情侶約會該由男方買單那樣子的意思而已。』

「搞不懂。」

『我覺得當時的她可能只是迷失了在找自己吧、透過這樣的方法。雖然不是什麼好方法。』

「怎麼說？」

『幾年之後我在機場又遇見她，嚇一跳，好像變了個人似的，懷裡抱個小孩身後跟著個外國男人推著行李車，她老公看來是有點年紀了，不過夫妻倆看起來感情倒是挺好的。她主動認出我來，閒聊間說道是從美國回來過年，短短幾分鐘的談話而已吧，不過已經足夠感覺到她整個人樸實也沉穩了下來。』

「這結局不錯。」

他同意：『雖然跌跌撞撞繞了一大圈，不過是個不錯的結局沒錯。』

接著我說起個高中同學，英文很好但就是人瘋了點，有回聽說她和姐姐吵架接著就開車衝撞她，而且聽來不像是她在開玩笑唬我們。每回下課時見她獨自倚在窗口若有所思的背影，我們都很害怕她會心一橫就往下跳去。

『結果有嗎？』

「幸虧是沒有。之所以會突然想起她可能是因為她後來也嫁給個外國人，不過不同的是男方飛來台灣定居教英文，那時候她決定隻身飛去美國和對方第一次見面時，我們還打賭她一定會遭遇不測而整天盯著國際新聞看咧。」

『呵。』

接著他又說起另個只愛ABC的女生朋友：

『長得很正，辣妹一個，錢賺得又多，是那種每年繳所得稅時會翻臉的超級業務員。但就是搞不懂的總是遇到小白臉型的男人。』他再一次的苦笑：『害我有很多年的時間都以為ABC其實是小白臉的縮寫。』

我想起淑婷的某任男友、也就是那個華爾街的小聲音，於是我搖搖頭，斬釘截鐵的說：「並不是。」

『嗯。她常打電話來哭著問說現在的男人都一個個的什麼問題？一開始都出手大方又紳士得很，通常都會有些明星朋友，爸媽好像總也認識個某某名流；可是進一步交往之後卻總是慢慢發現他們好像總是在找工作，而且總是條件好得找不到合適的工作，彷彿找工作就是他們終身的工作；不久之後男方會住進她家，吃她喝她用她的，而這還是勉強過得去的狀況，因為她真遇過不少會開口向她借錢創業的男人。那些男人好像總是在創業。』

「要不就是在找工作？」

他笑了：『要不就是在找工作。』

「其實問題是出在她身上吧？」
『我正打算這麼說。』他笑了：『明明追她的人真不少，但她卻偏偏只看上那種男人。』
「哎。」
嘆了口長長的氣之後，我接著說起淑婷以及她大不相同的戀愛史，他眨眨眼表示隱約記得這號學妹，接著我再提起秋雯，不過重點是擺在她有夠會吃的這事上面。
「……那時候我們去醫院探望她，寶寶擺得遠遠的、好像個不熟的什麼一樣，而她老娘明明是生產完第二天，卻氣色好得盤腿坐在病床上自顧著低頭猛吃月子餐，既沒有把生產過程說出來嚇我們，就是連寶寶話題也沒聊上幾句，倒是一個勁的疑惑著為什麼大家都說月子餐很難吃。」
他大笑了起來。
「那時候我真怕等我也當媽時會像她一個樣，我指的不是狂吃月子餐這事、因為真的很難吃我好奇吃過，而是對小孩很冷漠。」
『還有個雅蘭是吧？』
「哦……雅蘭的人生太無聊了，光是想著要怎麼說就已經無聊到害我想睡覺了。」

『哈～～』

終於笑夠了之後，他說：

『有機會真想見她們，聽起來很有趣。』

「但也只是聽起來，因為實際上都是討厭鬼。」想也沒想的、我接腔，「順道一提，高中時她們都愛過你。」

『那恐怕是會害她們失望囉。』

他這話可能是在謙虛，也可能只是單純的累了。

夜的深度以及服務生的微笑提醒我們此刻該做的不是再續酒卻是該離開了，於是把杯底的酒喝乾之後，學長喊來服務生簽單，在我表示這次該由我買單時，他斷然拒絕：

『我簽PE，所以沒差。』

「PE？」

他想著該怎麼解釋這飯店的專有名詞，但想想之後他決定懶得解釋。

在步向大廳時學長堅持開車送我回家，而我則堅持他不但不能開車而且他還得和我一起搭計程車。雖然整個晚上我是酒和汽水交替著喝，但也是喝進了三杯長島冰茶左右，而至於他喝下的可是這三倍不止，儘管從他臉上完全看不出酒意，只除了他開口說話之外：

『酒後不開車，是個好主意。』

他大聲的說，然後莫名的笑，沒錯他是有點醉了，酒精開始左右他的神智並且放大他的音量和情緒。

在飯店門口我們交換彼此的住處好確認計程車路線，結果一聽他就住在敦南誠品附近時，我立刻改變了回家的決定，畢竟在深夜獨自搭計程車這事我向來是敬謝不敏的，再說反正家裡也只有空氣而已，我倒是趕著回去幹嘛呢？

『那我們一起下車吧，我想在誠品喝咖啡等天亮。』

在計程車上，我說，結果下了計程車之後，變成是我們一起在誠品醒酒等天亮。

『好久沒有這樣了。』

把領帶鬆開，西裝外套脫下掛在椅背上，學長精神奕奕的說。

『感覺好像回到以前，和朋友拎著酒騎車上山看夜景，最後以永和豆漿的早餐作為句點。』

「我們是麥當勞早餐。」

『人就是從這些細節開始慢慢變成大人的。從永和豆漿變成飯店早餐，從騎車變成開車，從牛仔褲變成西裝而且不打領帶還會覺得不自在。』

「從呼朋引伴變成習慣一個人。」

『從呼朋引伴變成喜歡一個人。』他用力的點頭。

「不過誠品倒是沒變過。」

『嗯?』

「誠品。」

我又重複了一次。

那不過是幾年前的事情，但感覺那時候的我卻比現在年輕好多。

也是在誠品醒酒等天亮，只不過對面坐著的是賴映晨和他的黑咖啡，而我喝的是熱茶，因為那天我已經喝了過量的咖啡我記得，和他在一起時我總是過度的酗咖啡。當咖啡和熱茶送上桌時，賴映晨帶了幾本精品旅館和時尚餐廳的旅遊書回來，當咖啡和熱茶喝完時，我們已經決定要完搜書裡介紹的旅館和餐廳才回家。

「在旅途中我的手機沒電了也沒想到要充電，簡直是與世隔絕的假期，好像世界濃縮得只剩下我和他的長長假期。」童話似的完美假期，「回來後還被我朋友臭罵一頓然後我們就吵了架，才知道在那個月裡秋雯決定了結婚卻聯絡不上我；很難相信那時候我還好喜歡婚禮，吵著當伴娘。」

沉默了好一會之後，他說：

『太麻煩了。』

「結婚？」

他點點頭又搖搖頭：『結婚是，交往也是，都麻煩。』他說：『在從以前的自己逐漸變成現在這個自己的過程中，偶爾我難免覺得很寂寞，心底空空的，不適應，也覺得好像不太好，還是會想要有個人在心底、也希望能夠在誰的心底。還有體溫也是，我有幾個固定的伴，我們合得來而且我們想法也一致也互相尊重，而且重點是、我們都不必忠於對方，不過偶爾還是會嚮往傳統的男女關係、能屬於誰也被誰屬於著，但還好是上一個偶爾已經是好幾年前的事了。久了倒也真的習慣了，沒有什麼好不好的問題，而是這模式是最適合我這個人的沒錯。一個人比較適合我。』

我微笑，然後讓他繼續往下說：

『大概是前一陣子吧，我遇到個女生，而且被她強烈的吸引，真的是強烈的，很久沒有這種感覺了，我自己都嚇了一跳，腦子裡自動冒出百分百女孩這五個字。』

「該不會又是在圖書館吧？」

『呵，不是。』是在電梯裡，他說，『她的年紀看起來和我相仿，她的外表就是我會喜歡的那種，還有她的聲音也是，聽起來好舒服的聲音；我們交談了好一會，感覺得出來她對我也抱有好感並且正等著我開口邀約或者正思索著該怎麼開口約我，一察覺到這點我就禮貌性的離開了。』

「為什麼？」

『太麻煩了。』他又強調了一次，『光是想到她幾歲呢？她是不是單身呢？她會想和我交往嗎？如果會的話那麼是認真的嗎？或者只是一時寂寞而已呢？那我呢？如果我開口邀約她會不會覺得我很輕浮？如果我開口邀約而她就答應是不是表示她很輕浮？我們合得來嗎？她卸妝後會差很多嗎？……腦子裡光是繞完這堆我就煩了，而且甚至沒道理的開始討厭起她來了。』最後他說：『總說有些男人把性和愛是分開的，但我其實覺得把喜歡和交往分開也不賴，喜歡一個人不見得就要和對方交往，我真的這麼覺得。』

「這樣不會很寂寞嗎？」

『是寂寞，但是不孤獨。』

「而且不麻煩。」

他笑了：『而且不麻煩。』

那是我們這晚聊的最後一個話題，在那不久之後，學長就趴在桌上沉沉睡去，望著他鋪在桌上充當臨時枕頭的西裝外套，很奇怪的我突然聯想到史努比漫畫裡的查理布朗，明明已經長大卻還執拗的抱著兒時舊睡毯不放的查理布朗。會不會在他們眼中我也是個查理布朗呢？是不是我真的不該再停滯不前了呢？

『像是不再合身的舊衣服、過去的那個自己。』

我想起學長說過的這句話，在飯店的 lounge bar 裡，第一杯長島冰茶送上桌時，他說的開場白，我記得。

在天矇矇亮的時候我起身離開，在買單時本來是猶豫著要不要叫醒學長的，但結果想想還是算了，我們已經相處了一整晚又一整夜，搞不好他醒來時壓根不想要眼前是同樣的人，甚至他壓根不想眼前有個人也不一定。

名曰一個人的病。我想起，然後笑。

真好，我不是這世界上唯一古怪的人。

上計程車，下計程車，在公寓門前我低頭翻著包包找鑰匙時，遠遠有個騎腳踏車的中年男子喊住我：

『終於遇到妳了。』

「你誰？」

在一陣尷尬之後，才曉得原來他就是房東的兒子，也就是準備把這棟公寓脫手賣掉大賺一筆的王八羔子；這王八羔子在我低頭翻找鑰匙時說：

『我已經找到買主囉，可以的話希望在下個月就能搬走，找個時間——』他乾笑幾聲：『找個妳臉不是這麼臭的時間，我把當初的合約找出來押金退回給妳。』

「哦。」

這是我唯一的反應，接著打開門我關上門，把他關在門的外面。

把這世界關在這扇門的外面。

門。

關門，開門，再關上我自己的門之後，打開冷氣扔了鑰匙放下包包踢掉高跟鞋，接著連我自己也驚訝的是，我居然連澡也沒洗的直接就把自己塞進棉被裡去睡，我想像如果把這件事情說給他們聽的話，他們八成以為我在開玩笑或者是嘲笑著說我終於被自己的潔癖搞瘋了。他們，隨便哪個他們。

我好累，我想睡。

只想睡。

不確定只睡了幾個鐘頭，我的手機響起，打來的人是小 YG，他問我媽的到底去是不去香港，感謝我這麼難搞所以這苦差事最後還是又落到他頭上去了，他好像還說了他老子人進公司第一件事情就是打開電腦訂機票，因為再不這麼做的話接著某人就得自己游泳去香港！於是此刻他眼睛瞪著旅遊網站手指按著滑鼠心底杜爛人數究竟該訂三個還四個！

「我在睡覺。」

結果我只說了這句話就把他和他的哇啦啦掛掉。

我好累，我想睡。

沒多久之後宋育輪跟著也打來電話，她問我是不是和祥恩又吵架，我注意到她話裡的這個『又』字，我沒問她這個字是什麼意思也沒問她怎麼知道，反正她好像什麼事都知道，神準得活像是在我肚皮裡裝了竊聽器那樣。我只告訴她：

「我在睡覺。」

我說。

這句話也對秋雯說。她打來問我要不要去吃午餐，因為她一個不小心煮太多，但問題是她哪天的哪餐沒煮太多過？她反正總是能自己吃完，或許這就是她總煮過頭的原因。

「我在睡覺。」

我說。還對雅蘭和淑婷說。她們吃完午茶後去看房子，結果看到個好房子，鬧中取靜而且還有個好漂亮的大露台，她們問我要不要現在就過去看看？因為她們想要就下訂。好房子不等人的。她們說。結果我只說：我在睡覺。

「我在睡覺。」

也這麼對小俊說。他說晚上的飛機回香港，要不要趁個空檔吃晚餐？

還對蛋蛋說。我不知道她哪來我的電話，我猜八成是小YG給的，反正他也不是第一次亂給別人我電話。我沒聽蛋蛋打來要幹嘛，我只聽到她名字就掛了斷，如果我狀況好的話我會送她一句混帳王八蛋作為這對話的句點，可是我的狀況不好所以沒有說。我睡不好我心情差，我睡睡醒醒我不想要決定任何事情為什麼每個人都要打電話來問我決定好了沒？我哪來那麼多決定？哪來！

我只想睡覺，躲在我小小的世界裡，躲起來睡覺，什麼事也不想不決定不麻煩，只睡覺。

黃昏時就是連我媽都打電話來了，邊聽著她叨絮我邊想著今天真是所有人都湊在一起打電話來的怪日子，如果等得夠久的話，恐怕連小翔或者吳宜珊都會打來、我想。

而祥恩沒有，誰都打來了，就他沒有。

在最後一通來電時我終於決定要下床，不是因為來電者是學長，而是因為天已經黑了，雖然我其實沒怎麼睡但也躺了整天。在電話裡學長問我晚上要不要一起吃個飯聊個天喝個酒交換個故事？我說不了我今晚想要一個人只想一個人，和他對坐一整夜結果連這點都被他給傳染，然後我們就笑了，在笑裡我們道了再見，接著我叫自己去洗澡，走出浴室時我不是習慣性的捉起吸塵器邊吸地板邊等頭髮乾，卻是直接就出門。

我的吸塵器今天真寂寞。

沒帶手機我出門，讓自己走進一個人的KTV，或者應該說是：我讓自己走向過去裡的某一天。

那一天。

只是這次沒有手機，沒有紅酒，沒有小虎斑，更沒有賴映晨，只有我和一次又一次唱著〈愛情轉移〉的陳奕迅，在一個人的KTV。一整夜。

「感情需要人接班　接近換來期望　期望帶來失望的惡性循環
短暫的總是浪漫　漫長總會不滿　燒完美好青春換一個老伴
把一個人的溫暖轉移到另一個的胸膛　讓上次犯的錯反省出夢想
每個人都是這樣　享受過提心吊膽　才拒絕作愛情代罪的羔羊」

詞／林夕　曲／Christopher Chak

第十章

在那年的永和豆漿裡、我們第一次發現彼此來電卻又倔強的假裝彼此討厭，夜裡的永和豆漿、我們心動的起點。不知怎的後來就沒再光顧過了，不知怎的此時我突然想起那夜祥恩的大手撫在我背上的溫暖，在那夜裡的巷口永和豆漿裡、撫去了當時我人生的失意，對自己的失意。那大手後來逐漸變成我的熟悉，熟悉成了習慣，習慣地忽略了溫暖，我——

我在清晨時分回家，回到家時我有種時空錯置的混亂感，如果不是這會多了個宋育輪並且她們這行人這次不是等在門外卻是就在門內並且還好優哉哉的把這當成自己家的話，我真會以為這是誤搭了時光機回到了某年某月的某一天。

『可惡又失算！』首先開口的是雅蘭，她正吃力的把自己的腳塞進我最心愛的那雙香奈兒高跟鞋裡，我發誓只要她一塞進去我就會立刻把她的腳折斷。『這女人大概平均兩年就會發這麼一次神經，每次都被她唬得全員到齊跑來看她。』

『每次都以為能看到個什麼值得叫新聞台過來SNG的厲害畫面可是每次每次的都掃興。』淑婷接腔。她盤坐在我的包包們前面，左手捏著去年她送我的Tiffany小銀筆右手拿著去年生日我送她的LV記事本，我懷疑她在盤點我的包包們。她幹什麼盤點我的包包們？『上一次我記憶猶新，但是再上一次就有點想不起來了？』

『她一個個的打電話問我們幹什麼來台北，而且還是一大早的就打電話問！』宋育輪回答。她正巴在我的小小化妝台前努力用我少少的化妝品往她臉上已經有夠濃的妝再補上。『老天爺！說來我們已經各自認識了好幾年，但直到今天才終於湊在一起見了面耶。』

『我幫妳把冰箱清空了。』秋雯說。她就掛在我的冰箱前，她一向只待在有食物的地方。『這樣看來應該一趟車就夠了。嘿！還有人要喝咖啡嗎？』

然後我就混亂了。

「妳們怎麼進來的？」

『祥恩有鑰匙啊。』白痴雅蘭一副我這是什麼白痴問題的白痴回答。

『宋育輪說祥恩說他要過來拿衣服所以我們就想那不然乾脆一起過來好了。』淑婷補充。

『小恩有提醒妳不喜歡別人碰妳的吸塵器但除此之外他就沒有特別交代了於是我們就都大肆的碰了。』宋育輪解釋。

『冰箱那盒*Häagen Dazs*是祥恩吃掉的。』秋雯不滿。

「別管那盒*Häagen Dazs*了。」我不耐煩，「祥恩來拿回衣服？」我試著要自己看起來別太失控，但實際上我唯一想做的就是失控，我想失控的放聲大哭還想失控的縱聲大笑或者同時大哭又大笑！「這聽來像是分手的決定。太好了！我的備份鑰匙呢？」

『想太多，他只是回來拿衣服回去整理而已。』

『真是難以置信妳居然讓他把衣服裝在妳的鞋盒裡。』

『妳的吸塵器分得的空間都比小恩的衣服空間大！』

『而且你們後天還要一起去香港不是?記得幫我帶芭樂乾，越多越好。』秋雯吩咐。

「啊?」

『香港。因為妳不接電話也不回電話，所以他們就幫妳決定了妳要去香港囉。』淑婷開心的說：『記得幫我帶 agnes.b 的巧克力回來。』

『重點我們是團進團出的自由行，所以妳休想晃點不出現，否則我們四個都會被妳拖下水去不了。』宋育輪警告：『可別害我們真的得游泳去香港。』

『而且聽說是一大早的飛機，恭喜啊!』雅蘭偷笑：『記得幫我帶個香港男人回來。』

而我則是越來越混亂了。

「什麼我們四個?」

『我和妳主編，祥恩和蛋蛋。』宋育輪回答，然後擺擺手：『因為妳一直不決定，所以我們只好就幫妳決定。』

祥恩和蛋蛋。我注意到她說的是祥恩和蛋蛋、而不是祥恩和我。

祥恩和蛋蛋，這五個字一掛響在我耳邊吵啊吵個不停，直到淑婷告訴我更厲害的這件事情——

『還有房子也幫妳決定好了。』淑婷說，然後好陶醉：『好美的房子，我的人生簡直是因此而完整了；說來這得感謝我那整套的芭比娃娃收藏，我答應成交後送給原屋主，所以他才不再比價而立刻賣我們。』

「啊？」

『還有搬家公司也決定好了。』雅蘭說，然後超興奮：『屋主去年買了它，結果今年裝潢佈置好之後男友卻也跟人跑，因為太傷心所以他老子住也不住就賣掉。』

『他老子沒錯，因為屋主也是個男的。』秋雯說，然後很開心：『雖然不是我家對面那戶，但走路到我家也不過幾分鐘，以後記得晚餐一起開伙啊。』

「……」

無視於我的沉默，她們繼續好樂在其中的聊著：

『那個Armani的吊燈有夠讚，難以置信他居然全部都不要。』

『連鑰匙圈也不要，真是好任性。』

『那個餐桌我欣賞，廚房尤其讚，以後乾脆就在妳們家開伙好了。』

『露台也是，坐在那邊賞月一定很詩意。』

對於我的人生，她們好像比我更樂在其中。

「太好了。」打斷她們的快樂，我掃興的說：「謝謝妳們幫我決定我的人生，那我現在想要睡覺，還是說這會兒妳們也要幫我睡？」

這個暗示明顯的夠粗魯了，但結果這四個女人卻依舊無動於衷，我想如果不是她們的臉皮夠厚心臟夠強，就是我們的交情夠深厚。

『有時候是這樣。』無動於衷秋雯說，同時還往我的糖罐裡挖著糖就這麼直接往嘴裡送，『我們樓下住戶的那位太太我真是有夠喜歡她，親切友善又熱心，時不時還會分送她自製的泡菜什麼的過來。』好愉快的噓了噓口水，『但有時候在電梯裡遇到時我就是沒心情打招呼，不是什麼事疙瘩也不是生她什麼氣，就是單純的不想要說話。』

『我懂。』無動於衷淑婷也說：『有時候我就是對於一切都感到厭倦，銀行戶頭裡需要好幾個逗點的數字，鏡子裡已經三十歲卻還看似少女的臉，都厭倦。』一點厭倦也感覺不出來的，淑婷又by the way：『不過我現在戶頭裡清爽了不少，因為我們的美人居是提了幾卡皮箱的現金交易。』呵呵笑，『這厭倦通常是發生在生理期的前幾天，我看誰都厭倦，這時候最怕的就是有人好友善的問我要不要聊一聊，因沒什麼事想聊，我只是單純的想讓自己盡情厭倦個夠。』

『還好那只是一個月裡的少數兩三天。』無動於衷雅蘭接著說：『難免會這樣，沒什麼大不了的。』說完，她們好用力的同時點點頭，『所以我們就決定把我們的露台叫作是老娘要自閉空間。想要自閉時就儘管往露台賞月去，沒有誰會打擾誰，這將會是我們美人居裡的不成文規定。』

『那妳們在露台擺張床好了，她恐怕得直接住在露台裡。』宋育輪說，然後她們都笑了，連我也忍不住的笑了。

終於笑了。

『好啦，祝妳香港旅愉快，妳最近煩心事太多，暫時離開一下也好。』秋雯說，然後起身：『切記幫我帶芭樂乾回來！』

『回來後休息完就打個電話來，帶妳去看我們的美人居。』淑婷跟著也起身，但還是不忘陶醉著：『好美的房子，多配我的名牌們。』

『如果妳還是不想搬過來也沒差啦，反正我們房東女士多的是名牌包把留給妳的房間變成展示間。』雅蘭起身、然後說，雅蘭還說：『那至於學長的事就等妳回來再解釋吧。』

「啊？」

『昨天晚上，學長打妳手機，剛好那時候我們都在。』

『我們，包括接起手機的祥恩，他聲稱是手機響啊響的吵死人所以才接的，但我看這話只有鬼才信。』

『後來我們小聊一下，祥恩也同意王亭越這名字聽來很書法。』

『有好戲看囉。但願你們別把香港旅成分手行啊，哈！』

留下這堆等好戲看的壞心眼笑聲之後，她們就乾乾脆脆的走了。

當她們雙雙離開、把該有的安靜還給我還有這房間之後，我以為我的第一個動作會是像以前那樣，捉起手機打電話給哪個剛認識、聊得來但卻還不足夠熟悉的傢伙，以前是賴映晨、而現在我想到的是學長；但此刻我沒有，都沒有，我甚至連轉頭找一下手機在哪裡的氣力都沒有。

——像是不再合身的舊衣服、過去的那個自己。

我只是想起學長的這句話，我想這話大概有點對，有點對、並且也在對的時間點出現，否則我怎麼會動不動就想起？

我想起這句話，我望著我的門，就這麼傻楞楞的動也不動讓時間慢慢走過，我不確定是經過了多長時間，只曉得再這麼下去的話，我的脖子首先不但會僵成化石不說，並且漸漸我的手邊會冒出一本泛黃的舊相本，我的腳邊會窩著一條皺紋和我一樣多的老狗，我會變成我想像中最害怕的那種老太太，獨居古怪又捏著拐杖不放的老太太，腰都彎了還不給人扶的老太太，成天盯著鄰居是否亂丟垃圾或者躲在電線杆後面突襲檢查狗大便清了沒有的惹人嫌老太婆！

老天爺！我真的想讓自己變成那樣子的老太太嗎？我——

當我發現自己又開始對著我的門喃喃自語時，我知道，該是去削鉛筆的時候了。

起身，我照例是泡了杯即溶咖啡，捧著馬克杯我坐在寫字檯前面，削尖一打鉛筆，我開始寫作。

當門被打開時我正肩頭蓋著熱敷毯、右手泡在裝著溫水的小臉盆裡以舒緩一口氣連寫兩個章節的過癮卻痠痛；頭也沒回的、我說：「來幹嘛？」

『總不會是帶焦糖冰咖啡來給妳喝吧。』沒好氣的、祥恩說，然後還嘖了一聲：『我又不是宋育輪。』

「也對，那女人不會三更半夜偷偷摸摸跑進別人家裡來。」

『也對，確實這裡就要變成別人家沒錯。』關上門、定眼看，祥恩瞬間從原先的酸溜溜變成是大吃驚：『不是吧？妳在寫小說？』

「總不會是拿著鉛筆練書法吧？」我嘖他回去：「總得有人把你從排行榜趕下去

咩。」

『看來我的新書把妳踢出排行榜這事真的打擊到妳了。』

「少臭屁。」

再走近點看，祥恩的吃驚立刻翻轉兩倍大：『我眼前這卡皮箱該不會是某個拖拖拉拉鬼自己整理好的旅行箱吧？』

「正是，我寫完第一章的空檔、一邊吃著蛋餅一邊整理的。」雖然不是什麼重點、不過：「順便 by the way 一下，總共只花了我十分鐘不到的時間、吃蛋餅和整理行李。」

『蛋餅？早餐？』

「嗯。」

『妳是多久沒睡了？』

從那天我們吵架並且感覺好像會就此分手之後我就沒好睡過，我想說，但我拉不下臉說，於是我只說：「兩天。」

『就說我不用提早來幫妳整理行李，那個白痴囉嗦鬼。』

「你家主編？」

『也是妳家主編。』

「呸。」那個白痴小YG，「那個白痴小YG想必還順便說了那個他老子早已經重複了八百次卻還是說不膩的晃點老故事給你聽吧？」

祥恩噗哧的笑：『你們果真是知己。』

「是知己莫若敵。」

『是知子莫若母才對吧？大作家！』

「隨便啦。」

把熱敷毯拿開，起身我捧著小臉盆到浴室把涼掉的水倒掉，眼前我凝望著從那天吵架之後就一直閒置的小浴缸，身後我聽到祥恩用一種不自然的彆扭酷酷口吻，說：

『反正還有點時間，不如就去永和豆漿吃宵夜吧。』

「巷口的永和豆漿？」

『嗯啊，還是說妳想要補眠？』

「沒啊，但為什麼是巷口的永和豆漿？」

用一種好像在對著咿啞學語的小娃兒說話般的口氣，祥恩無奈的說：『因為最近的而且這時間還營業的就巷口的永和豆漿啊。有什麼不對嗎？』

是沒什麼不對，只是它是我們心動的起點。

在那年的永和豆漿裡、我們第一次發現彼此來電卻又倔強的假裝彼此討厭，夜裡的永和豆漿、我們心動的起點。不知怎的後來就沒再光顧過了，不知怎的此時我突然想起那夜祥恩的大手撫在我背上的溫暖，在那夜裡的巷口永和豆漿裡、撫去了當時我人生的失意，對自己的失意。那大手後來逐漸變成我的熟悉，熟悉成了習慣，習慣地忽略了溫暖，我——

「你知道在那晚的永和豆漿之前，我的人生過得有多失意嗎？」

『突然的、說什麼啊？』

「沒事。」呵，「走啦，我餓死了。」

我們在巷口的永和豆漿待到該出發的時候才走，在開車前往機場的路上，我的手機響起，接著之後傳來的是小YG嘴裡含著牙膏泡沫的聲音：

『祥恩去接妳了嗎？差不多該出發囉、大作家。』

「祥恩沒有告訴你嗎？我不要去啊。」

接著傳來的是小YG狠狠倒抽一口氣的僵住，趕在我忍不住得意爆笑出來之後、好帥的我掛了電話，不到三秒鐘換成是祥恩的手機響起——

『她騙你的啦，白痴。』

在小YG爆出怒火之前、祥恩說。

「都認識那麼多年了，你怎麼還是被我騙不怕啊、大主編。」

『……』

第十一章

而祥恩從頭到尾都只是低頭看錶不說話，就像那天的他一樣，對於讓我們句點的那話題，他於是絕口不再提。

晃點老故事。

某年某月某一天，當某人運氣到來由退稿界天后谷底翻身成為排行榜常客時，她那慧眼識英雄的剛合作不久的當時還只穿小YG的主編既成就又開心的來了電話說是安排了個談話節目邀請上。

『可以上電視囉！而且是收視率很高的節目喲，機會難得啊！！』

在電話那頭的小YG如此喜孜孜著，而電話這頭的某人則望著衣櫃裡那件買了卻始終沒機會穿的好美小洋裝點點頭答應；一切都是如此美好而又珍貴，直到當時那位工作人員好奇怪的硬是要約在半夜見面討論Run down，那夜Run down沒聊幾句倒是那位矮個子仁兄自己的事說個不停，當咖啡館服務生笑笑的表示打烊時間將近時，只見矮個子仁兄舌頭舔著上唇猥褻到不行的暗示又明示何妨來個一夜情時，這某人立刻尿遁逃了跑，接著隔天她傳了簡訊塞了藉口晃點不錄，就這麼好帥氣的關了手機人間蒸發廟裡收驚去，同一此時事情大條的舔舌矮子仁兄狂叩猛叩小YG，最後沒辦法只好由小YG硬著頭皮冒充某人自己上節目，還好是那大堆頭的節目每位來賓發表時間就幾句，不好的是事隔多年這事被他老子記恨依舊的一字不漏在候機室裡對著某當事人提了又提再酸一次。

『所以我早上才會被妳騙到，還差點剉賽！』

「哦～～好沒衛生。」

沒衛生又愛記恨、這小YG。

在飛機上短短一小時的飛行時間他餘氣難消的繼續又對身邊的宋育輪再提一次；香港機場等通關時閒不膩的對那顆少女蛋第三次提起，同樣是一字不漏；接著領完行李在機場大機對著前來接機的小俊再提一次，一字不漏同樣是。

『哦，她從國中時就這樣囉。』好耐心的聽完之後，小俊火上加油的說：『推說頭痛啦胃痛的沒辦法出門，但其實只是愛睏懶得出門而已。』

「說到這。」記恨鬼上身的、我說：「聽說某人在國中時瘋狂追求你是吧？」

『哈，哈哈。』這混帳王八蛋立刻乾笑著裝作沒聽到，『簽書會時間也差不多囉，我們這就走吧、祥恩。』

「也好，等簽書會結束我再來拔你手指甲。」

依舊裝作沒聽到的這小俊，繼續顧左右而言他的問著宋育輪：『那、妳們是要先回飯店休息呢？還是想要一起去？』

『妳先帶她回飯店啦。』祥恩對著宋育輪說：『這女人兩天沒睡了。』

而宋育輪是一臉的疑惑：『這女人兩天前好沒禮貌的把我們趕走說的就是她老娘想

睡覺啊。』

『這女人從國中就這樣。』馬後炮小俊小小聲的又補了這句。

『這女人該不會是又開始寫新作品了吧？』

「這女人回答你是的沒有錯。」我怒視小YG：「你們藝文界人士就這麼熱愛把人當空氣喊她這女人嗎？」

『哈，哈哈～～』喜孜孜的笑起來，這傢伙立刻態度大變：『來來，讓我幫大作家叫台計程車先，先好好休息再繼續關在飯店裡連寫兩天啊！真是不虛此行啊！老闆聽了一定很開心！』

「現實鬼。」

『我就是。』

「王八蛋。」

『那是妳。』

『好了啦你們兩個！不要這麼幼稚！』以一種彷彿是兩個孩子的媽這姿態打斷我們，宋育輪轉頭問一路上都異常沉默的蛋蛋：『妳咧？去書展還是回飯店？』

『書展！我可以當祥恩的助理幫他拍照。』

「想得美！妳給我一起回飯店，三個人一台車剛好。」

『我不要！』

『不，妳要。』好大器的、宋育輪說：『妳要跟我們一起回飯店先 check in，接著趁那女人補眠的空檔妳可以陪我一起逛街幫我提袋子。』雙手扠腰痛快笑：『飯店樓下就是購物商場，有沒有這麼美的旅遊啊？哈！』

哈。

補眠。

完全沒補到的眠，連枕頭都沒沾上的那種沒補到眠。

進到旅館房間放下行李之後，首先我不得不做的第一件事情就是拿出自備的刷子組和清潔劑按照我自己的方式把浴室重新刷過一次。自從有回雅蘭不曉得哪來的消息說是房務員通常都用同一塊菜瓜布就把整個浴室給一併清潔溜溜之後，從此我就養成了這習慣。

『浴缸馬桶、洗臉台和水杯。』雅蘭當時說：『而且順序可不一定，有時候首先是馬桶接下來是其他。這麼說妳懂我意思了吧？』

我真他媽的不想懂。

而這會我拿著自備的清潔組分門別類刷他個亮晶晶才好安心之後，好滿足的我接著賞自己個香噴噴的泡泡浴，就這麼呵呵的全身攤平放鬆在浴缸裡想著待會是要接著補眠呢還是向房務中心借台吸塵器時，我的房間門鈴響起——

「不會是簽書會沒人去所以只好提早回來吧？哈！」好愉快的這麼想著，我同時起身圍起浴巾，結果出現我眼前的不是祥恩卻是宋育輪。

看起來比我還掃興的宋育輪。

『不會吧？』經過浴室時她加工過的鼻子抽了抽：『還以為祥恩說妳每到飯店就必定自己刷浴室這事是在騙我的咧。』

「這妳管不著。」接過她遞來的熱呼呼蛋塔，我疑惑：「是我眼花還是在作夢？眼前這可是逛街非得逛到店家熄燈關門才肯善罷甘休的宋愛買？」

『就是在下我沒錯。』一屁股往床上坐下，嘆口大氣之後宋育輪才說：『逛街伴有多重要這回我才曉得。本來還以為那小妞也是個愛好此道的愛買同伴，結果誰曉得這會我是完全看走眼，那小妞打從一開始就遠遠站一旁的耍無聊，活像當時我手中拿的不是衣服包包和鞋子卻是老鼠毒蛇和大腸。』

「滷大腸很好吃，請妳不要拿它亂比喻。」

『隨便啦。』重重嘆了口氣，宋育輪繼續把話題帶回逛街伴的這回子事：『和我爸出門逛街都還沒這麼掃興咧。真是呸。』呸完之後她這會才終於看著我：『倒是妳，祥恩又不在、妳幹嘛只圍條浴巾還全身溼答答？我對妳可沒興趣哦。』

「真巧我也是。」沒好氣的、我說：「因為我泡澡一半被打斷。總不會是準備這身打扮去樓下吃晚餐吧？」

白痴。

『說到晚餐……』宋育輪低頭瞄了瞄她腕上的Cartier，『祥恩的簽書會結束之後、媒體訪問開始之前有個空檔是主辦單位請吃晚餐——』

「老天爺。」打斷她，我得意：「行程排得這麼滿，這就是偶像派與實力派的差別吧？哈～～」

『哈個頭啦、吵死了！』白了我一眼之後，她才繼續說：『晚餐在君悅，港灣壹號中菜廳，放眼望去是好美的維多利亞港夜景，如果簽書會準時結束的話或許來得及邊看名字忘記是什麼的燈光秀邊吃晚餐，聽來不錯吧？』

聽來是不錯。

但是結果不。

結果我們提早來到書展會場心想看個熱鬧搞不好看著看著我也會開始對於簽書會這玩意有興趣，但是跟著人潮順著柵杆我們一圈圈的走了又走卻怎麼搞的就是走不到會場還走的我完全熄滅了對來一場自己的簽書會這興趣。

「妳可以幫我看一下我的腳還在不在嗎？我已經瘦到沒感覺了。」

『我懷疑我們剛剛走的距離已經足夠繞台北整一圈。』

「我懷疑這些柵杆的盡頭是宇宙黑洞，否則沒道理這段路程這麼長。」

『我走得頭都昏了，我想要立刻捉狂尖叫著把這些柵杆一個個的拔起來摔到馬路去！』

「我發誓從下一分鐘開始我的人生裡再也不要看到任何的柵杆和任何的排隊人頭還有熱天氣！」

『我們叫計程車直接到君悅喝咖啡等他們吧。』

立刻我們走出柵杆走出排隊人潮然後異口同聲：

「計程車！！」

『計程車！！』

結果我們續了一杯又一杯的咖啡之後，祥恩他們一行人才累趴趴的出現眼前，因為簽書會遲了將近一個小時才結束，而他們一行人從迷宮般的書展會場走到其實就在隔壁的君悅則又耗掉了半小時起碼，以至於我們很成功的錯過這名曰幻彩詠香江的燈光秀。

是的，宋育輪說的那個叫作什麼名字的燈光秀就是幻彩詠香了。

『……可惜結束了，幻彩詠香江。』

在等著菜餚送上桌的閒聊時，主辦單位的出版社老闆說這正確的名字，順便還向外來客的我們介紹了一下這燈光秀的來由故事，故事說得精采有趣只不過就坐在他身邊的我從頭到尾只能聽到這燈光秀是為了即將到來的北京奧運什麼的，並不是因為他的香港國語太難懂卻是因為他老子活脫脫就像是從香港黑道電影裡走出來的黑道大哥真人版那樣；一時間我有種這會我們並不是在君悅吃晚餐卻是誤打誤撞跑進無間道裡軋一角，我想像如果把聲音拿掉的話這畫面看來一定沒有人相信是在談論出版甜苦版卻是在談判角頭大火拼。我懷疑他身上有一整背的老虎頭刺青。

雖然明知這樣未免不理智但我就是忍不住頻頻檢查我的左小指。

『妳幹嘛一直盯著妳的手指頭？』

坐在另一邊的祥恩問，而坐在對面的小俊則是爆笑出聲：

『不會是和我想的一樣吧？夢姐？』

『什麼夢姐？』

大哥老闆一頭霧水的轉頭問我，嚇得我差點脫口而出求他別要殺我，但是還好我沒有，還好我只是叫小俊帶我去廁所。

「你還真是一向備受大哥大、大姐大的賞識嘛。」

走出廁所時，我忍不住的說。

『是疼愛。』他更正我，然後笑開來：『譚先生不是黑道大哥啦，哈～～』

「我知道，而夢姐也不是，嘖嘖，這也可以說是浪費人才的一種吧？」

『笑死我，譚先生聽了一定也覺得很有趣。』

「敢跟他說我殺你！」嘖，我可不想我的小指頭冒險。「不過高級飯店就是不一樣，連洗個手都有人在旁邊遞毛巾。」

『嗯啊。妳小費給多少？』

「什麼小費？」

『禮貌上那是要給小費的。』

我臉垮掉：「我只給了聲謝謝。」

他就改口：『不過沒給也可以啦。』

「……」

『……』

當我們回到座位（小俊那白痴還忘了我們坐哪桌，搞得我們樓上樓下迷了路）時，不知是巧合還刻意，只見小 YG 一臉陶醉的說了句：

「這裡真的很棒，在這裡求婚一定很棒！」

接下來是由祥恩為中心點所擴散開來的沉默。

尷尬的沉默。

太棒了！這話重新提醒我們假裝忘記但其實擺在心底擺成疙瘩的爭吵，那天那個沒有結果的爭吵；早不說晚不說的這句話精準得讓我正好迎上此時祥恩的眼神，和那天一模一樣的眼神。

失望的眼神。

——妳不是不想結婚，妳只是不想嫁給我。

那天祥恩作為句點的這句話，多麼句點的一句話，之後我們就不再提起也避免提起的話，這求婚、這結婚。

這他媽的。

在那句點似的話題不久之後，我們便起身離開，因為祥恩差不多也該回書展去接受訪問了；離席時宋育輪神采奕奕的說想留下來看看，而幾乎三天沒睡的我則累趴趴的說那麼我自己先回飯店吧，接著小YG說道那麼他陪我搭計程車吧、因為他也真是累斃了、況且某人向來不愛在夜裡獨自搭車。

而祥恩從頭到尾都只是低頭看錶不說話，就像那天的他一樣，對於讓我們句點的那話題，他於是絕口不再提。

第十二章

我想要再愛一次，這是這晚我說的最後一句話，以及重複又重複的N句話。
再愛一次。

『你們需要談一談。』

在計程車上，小 YG 只說了這句話就累得倒頭睡去。

大家都累了。

當大人很累。

到飯店時我把小 YG 搖醒，雖然心情低落但還是沒忘記要壞心眼的告訴他錯誤的房間號碼好讓他待會出糗鬧笑話；在電梯門口假裝好心的提醒他門卡怎麼使用、換來他一句『廢話！這誰不知道』之後，按住電梯門確認這傻蛋不疑有他的走向錯誤的樓層走向未知的客房之後，好心滿意足的我關了電梯門。

當電梯門關上的同時，低頭我望著門卡，抬頭我改變了早點睡覺的主意，我讓電梯把我帶回飯店大廳。

我已經累過了想睡的撞牆期，我想我真正需要的是喝一杯。

或許不止一杯。

「去他媽的談一談。」

坐在吧台前，我說。然後乾了這象徵性的第一杯。

第一杯喝的是心情，第二杯開始才是酒。

我想起學長說過的這句話，我覺得真真同意得要命，我於是把祥恩總是要我別喝酒的囉嗦抛到腦後，我喊來我的第二杯酒，並且開始對它說心事。

「從一開始就不對勁了。」我說：「下午在櫃檯前排隊等著辦理C/I的時候我就曉得不對了。順道一提，怎麼搞的今天好像一直沒完沒了的在排隊啊？過海關、領行李、C/I、書展，沒完沒了的在排隊。你看什麼？」

酒保快快的搖搖頭又轉開頭，於是我繼續告訴我的酒：

「雙人床，你曉得。」唏哩呼嚕喝乾它，揮揮手我喊來第三杯，我繼續說：「雖然我們註明是要一張大床，可你曉得怎麼著？一張大床的房間要等到下午五點才有，所以我聽了立刻說道那麼我要兩張單人床就好。話一說完我就知道有個什麼不對了。」不對了。「淑婷說的那什麼來著？是個Sign？對！當時我耳邊就是這句小聲音飄來，結果怎麼著？結果我們還真真不需要一張大床了、看來！」

『我可以和你們換房間啊，我的房間是一張大床，託了宋大姐硬是拉我去逛街的福。』突然的，有人在背後對我說：『妳幹嘛在這裡對著空氣大小聲？』

「是酒杯，而且沒有大小聲！」我大聲的更正她，然後下下上上打量著這顆蛋：「妳剛從書展回來？」

蛋蛋點點頭：『排隊等了好久，我走得腳超痠，而且原來樓下商場南方出口就有火車站可以轉搭地鐵，說到這、那個是叫火車站嗎在香港？』

「隨便啦。」

『哦，反正我多走了一個地鐵站走得腳有夠痠，好像走了半小時有吧？』

「幹嘛不搭計程車就好？」

『很貴啊。』這顆蛋一副我這是什麼白痴意見的白痴表情，『好啦，如果妳沒有要換房間的話我要上去囉，腳超痠的啦。』

「腳痠的話不會坐下來喝杯酒哦。」

『很貴耶。』

「妳給我坐下來陪姐姐喝杯酒！」

『妳是跟任何人講話都這個樣的嗎？』

「告訴妳，我就算是跟個酒杯講話也是這個樣，覺悟吧妳！」

『真搞不懂祥恩喜歡妳什麼。』話雖這麼說，不過她想了想之後卻還是改了口：『不然我們去便利店買啤酒回房間喝？反正我一個人在房間也好無聊，走路大概五分鐘而已，我剛剛有注意，好像是——』

「吵死了！」拽著她的細手臂我喊來兩杯長島冰茶，然後問：「妳幹嘛開口閉口就嫌貴？我以為妳是有錢人家的千金小姐還閒閒沒事窮追星咧。」

『有錢人家的女兒？我？』她好像嚇壞了。

「嗯啊，妳看起來是這樣沒錯。」

『哦，那可能是我滿會穿衣服又氣質滿好的關係吧。』

「這話接得還真順哦。」

『不對嗎？』

「隨便啦。」

『我薪水又不高。』她喝了口眼前的酒，接著露出好像喝的不是酒卻是中將湯的表情，『而且這次的旅費還差點花乾了我最後的存款咧。』

「哦。」

結果我沒往下問去、而她就往下說去了：

『我現在在便利店打工，哎～其實就是正職啦，不過可能明年會考大學、所以我喜歡告訴自己這只是打工。哎～我其實也不確定要不要念大學還有念大學要做什麼，只是說好像每個人都有念大學——』

「我就沒有。」不對，「我有念大學，但沒有念畢業。」

『妳很愛打斷別人說話，這件事妳知道嗎？』

「大概在妳這年紀時就知道了。」

『哦。』她又試著喝了一口，接著索性把酒推給我，『也是因為這樣我開始接觸到祥恩的書，我真的好喜歡看他的書，每次看完都有種正面的力量，好像人生真的只要努力就可以變得很成功——』

「正面的力量？妳確定妳沒看錯作者？」

『妳很煩耶。』不理我，她繼續陶醉的說：『當然祥恩寫的不是勵志小說我知道，不過看完我就是會有這種感覺沒有錯。哦，當然妳的書也不錯看啦，只是我單純的比較喜歡看男生寫的小說而且之前又有點不是很喜歡妳而且妳看起來又粗魯又機車——』

「好了好了，有些事情是不必說到底的、小妹妹。」

嘖！

把話攤開來的、我說：「之前我還一直誤會妳是有錢人家的千金，說不準哪天還會掏出一張好厲害的支票要我離開祥恩，就像偶像劇裡最愛演的那橋段一樣。」

然後她就好奇了：『如果真的是這樣，那妳會收下嗎？還是像偶像劇的女主角那樣好帥氣的撕了它？還說打死也不要分手？』

「二話不說立刻收！而且還一路跑去銀行先兌現再說！」越說我越當真的思索了起

來：「不不，支票兌現要幾天時間，萬一對方反悔退票怎麼辦？不如還是拿去貼票什麼的好了，到底是貼票還是什麼的啊？欸，我來打電話問淑婷好了。」

『白痴哦，隨便問問的、妳還當真困擾咧。』她說，然後開開心心的笑開來：『對不起啦，我之前對妳不是很禮貌。』

「是很不禮貌。」

『但沒想到原來我們聊得來。』

「多虧了這酒。」

說著說著我又喊了續杯來。

『妳好像喝得有點多耶。』

「我是打算喝掉這整個酒吧。怎樣？」

『很好啊。』

這個回答我欣賞。

『可能是自卑吧。』突然的、她又說：『當然還有嫉妒也是啦。』

「我？」

『嗯。可是我真的好想和作家談戀愛喲！我一直覺得年輕的時候一定要和作家談一次戀愛才對！就像我有個朋友她說年輕的時候一定要和已婚男人談一次戀愛才行！不然會枉費青春。』

「妳們有病啊？」

她又笑，而且這次是抱著肚子笑，『好好笑，那時候我們說得好投入、氣氛融洽得好像非得這麼做才行，否則真的會枉費了青春。但現在妳聽了之後這麼直接的反應、還說我們有病，才發現好像真的滿幼稚滿無聊的，哈～～』終於笑夠了之後，她卻又說：『不過，我還是要愛祥恩。』

「隨便啦。」

『嘿！這話有點奇怪，不過妳其實還滿不錯的耶。』

「把其實這兩個字給我拿掉。」

『哈，好啦。』她重來：『妳滿不錯的耶，雖然直接得有點吃不消，不過、嗯。妳想我們可以當朋友嗎？』

「長島冰茶的酒語是朋友，」指著眼前的長島冰茶，我說：「從乾了這杯的下一分鐘開始，兩個人就會變成命中註定的朋友。」

『真的？』

「騙妳的啦，白痴。」

「無聊。我可以點可樂嗎？我覺得酒好難喝哦。」

「請便啊，順便再幫我叫杯長島冰茶，我感覺酒保好像有點排斥我的樣子，我是不是又開始講話很大聲啊？」

『對！而且妳一直掛在我手臂上還摳我手心，可以請妳不要這樣嗎？我覺得好奇怪。』

「又來了！」我嘟噥著，雖然是停住了摳她的手心，但卻還是整個人癱軟的掛在她的細手臂上。「一開始也是這樣。」我說，我有點大聲的對著她以及整個空間說；不是因為醉透，而是剎那間有個什麼我弄懂了，從我望著那扇門、削起那打鉛筆開始，腦子裡模模糊糊的、白霧似的什麼，在這一刻，它清楚了，只是我盡是酒味的口齒不清的只能反覆重複著這一句：一開始也是這樣。

一開始也是這樣。

也是祥恩的簽書會，也是飯店的 lounge bar，也是這般的情境，只不過不同的是當時是下午而此刻是晚上，並且當時候我的人生由天堂跌入地獄，就是那地獄般的人生裡我遇見惡魔般的祥恩，然後一步一步的找回我自己，重新找回我自己，重新走回天堂，不一樣的天堂。

而這次呢？

我想我知道答案，否則那晚我不會在寫完第一章節時就好自動自發的跑去整理行李卻非給痠麻的手和肩頸熱敷休息，而第二個章節結束時祥恩到來，不甘不願還有些賭氣又帶點倔強，不過這就是他，這也是我，我們。

而第三章節呢？

「我想要再愛一次。」

我說。

『什麼啦？我們可不可以回房間啊？大家都在看我們耶。』

「我說我想要再愛一次！」

『不好意思哦，她因為變老所以心情不好就喝多了——』

「我想要再愛一次！」

『好啦！抱歉啦，而且她男朋友還愛上我，所以心情更差就——』

「亂亂講！我只是想要再愛一次！」

『她——』

『再愛一次！』

我想要再愛一次，這是這晚我說的最後一句話，以及重複又重複的N句話。

再愛一次。

隔天我的意識初來乍到，沒有階段性的甦醒過程，卻像是被人給按下了開關那般的乍然驚醒，定眼一看我弄明白這所謂的開關其實是祥恩的小便聲，一開始我弄不明白為什麼他這會兒是站在我眼前小便，接著我才曉得原來這會我人不是醒在床上卻是被放在浴缸裡。

「我怎麼會在這裡？」

『酒鬼適合睡浴缸。』

惡劣。

「你把我抱上來的？」

『難不成是妳自己飛上來的？』

嘖，難怪雖然睡浴缸卻仍能整夜好眠。

『是很想直接把妳丟在吧台啦、看妳下次還敢不敢再喝酒，不過那個馬尾酒保用眼神警告說他再也不想看到妳，所以搞得我們手臂都很痠，順便by the way，這裡的我們指的是我和蛋蛋。聽說妳整晚都掛在她的手臂上？』

嘖、有厲害的這傢伙，明明正在刷牙但卻仍能嘴巴臭臭。

『還有，妳知道小YG昨晚跑哪去了嗎？小輪一直等他不到。』

「別管小YG了。」我心虛的低頭，接著慢慢爬出浴缸，「怪了？這是我昨天刷的浴缸嗎？怎麼味道不太一樣？」

『不是，這是蛋蛋的房間，妳整晚睡的是妳沒親手刷過的浴缸。』

我尖叫著跳出這浴缸。

『因為昨晚有人哭答答的什麼單人床雙人床的，所以蛋蛋就很好心的和她換房間。』

「別管蛋蛋了、好心點！」我沒好氣的說：「還有，誰跟她哭答答啦？」亂亂講的說謊鬼：「關於那個我們沒吵完的架——」

『我現在沒空。』打斷我，祥恩快快的說，而表情是不自然的僵。『樓下大廳有個記者等著要訪問，更別提今天還有兩個簽書會得趕場。』一口氣說完這一堆之後，祥恩沒好氣的補了這句回馬槍：『沒辦法，這就是偶像派和實力派的差別。』

謝啦、宋育輪！

「那好吧，我們晚餐時再談。」我說，接著還拿小YG的話來說：「我們需要談一談，關於那場沒吵完的架。」

『再說吧，我很忙，所以晚上我要休息不和你們去太平山上吃晚餐看夜景了。』

「喂！」

『又幹嘛啊？』

「去賺點錢回來啊，家裡沒米啦！」

我說。而祥恩先是一楞，接著慢慢笑開來。

笑開來。

這只有我倆才懂的笑點，果真還是有效果。每當祥恩得出門而我卻還能賴在棉被裡的早晨，我總會玩笑似的以惡質貧窮小妻子的口吻吼他這一句，每每這總能把祥恩給逗笑，雖然我總搞不懂這句話笑點在哪裡，不過沒例外的祥恩總是覺得很好笑。

真好，此刻的祥恩還是不例外的笑了，真好。

還好。

『喂！』折回從門口探出頭，祥恩最後又說：「關於那位書法先生的事，我也要和妳談一談。」

突然間我有種被電到的感覺。

久違的感覺，這被電到的感覺。

第十三章

所以是的，我是想要重新再愛一次，
我是說和你，我想要和你重新再愛一次。

好個充實的一天，在香港的第二天。

當祥恩關上門離開之後，首先我不得不做的第一件事情依舊是找出我的心愛刷子組把浴室按照我自己的方式重新刷過一次，接著因為實在有夠好奇小 YG 敢不敢對祥恩指著帳單嘰嘰叫？於是我便懷抱著實驗精神、打了電話要 Room service 送兩份最貴的早餐上來，在洗了澡又吃了雙人份早餐之後，活力充沛的我攤開紙筆開始寫作，途中我曾一度分心、好奇昨天的小 YG 到底最後流浪到哪去？不過只消兩秒鐘時間的想不透，我就決定把他忘回台灣去。

我埋頭專心寫作。

再抬起頭來不是因為寫完第三章完成於是肩頸又痠手腕又麻、而是因為門口有人按著門鈴。

「還不用打掃房間沒關係哦！啊、對了！請問可以跟你們借吸塵器嗎？」

我朝著門大喊，結果門朝著我喊回來：

『最好是他媽的把我當成房務員啦！』

嘖！原來是他媽的宋育輪，這女人為什麼老是能夠時間算得這樣準？

「來幹嘛？」

『總不會是帶了兩杯焦糖冰咖啡來給妳吧？』

「也對，這裡是香港又不是台灣。」
『而且這裡是飯店又不是妳家。』
「況且肚子餓了吃個午餐先吧。」
『重點午餐要吃快點因為差不多也該辦正事了、姐妹。』
「我懂。」
我懂！
就近在又快又方便的大家樂隨意打發了午餐之後，我們全神貫注的朝著海港城前進，也全神貫注的錢進海港城，全神貫注的程度到了整個過程我們只交換了這短短幾句對話：
『對了，』把臉從LV們抬起來，宋育輪掩嘴偷笑的問道：『妳家主編要我問妳，啥時候咱們出版社養了條叫作是小YG的狗？』
謝啦！小俊！
「什麼狗？」我裝死，「對了，妳倒是幫我看看淑婷寫的這什麼？怎麼我一直找它不到？」
『哦，我知道她要的是哪款。』

接著下一秒我們就把小YG還有狗以及那條叫作是小YG的不存在的狗忘在LV。

天黑時我們大包小包的功成身退走出海港城，頭昏昏又眼花花的我宣佈：

「我發誓我再也不要幫淑婷血拼了，累死我實在。」

『我記得上次SOGO周年慶妳也這樣發過誓。』又累又滿足的、宋育輪又說：『照我說，這才叫逛街嘛，呸。』

「隨妳怎麼說。」

『說到狗——』

「誰有說到狗嗎？」

『我，而且我正準備說——』

打斷她，我說：「好好好，我承認我還管他叫小YG，沒辦法，我就是改不了口，覺悟吧他！」

『我看妳也改不了愛打斷別人說話的壞習慣啦。』

這話倒沒錯。

『說到狗——』

「妳還是不放棄？」

『妳給我閉嘴！』有夠受不了的嘖我一聲之後，宋育輪好堅持的重新說：『說到狗，我有個驚喜要送妳。』

然後我就受不了了：「老天爺，這麼多年的認識難道還不夠妳明白我這人向來最恨的就是驚喜嗎？」

『相信我，這次不一樣。』

是不一樣，很不一樣，不一樣到我簡直要喜極而泣了。

因為這會兒我們就站在一家狗餐廳前面，正確說來它是一家美式餐廳而非狗餐廳，但門口卻聳立著一座好可愛的狗雕象，而且正正就是我夢想了好久的那種夢中情人狗，那下巴突突厚道狗。

『鬥牛犬，我沒記錯吧？』

宋育輪得意洋洋的說，天曉得認識她這麼久以來，這是我第一次激動到想親她抱她感謝她！

「對，沒錯，但妳怎麼知道？」

我十分確定這事我只告訴過一個人，而且年代久遠到甚至連我曾經告訴過他的這件事都已經忘記，我——

『小翔。』

「是的，小翔，我不知道他居然記得，他那年甚至送我的是貓不是狗。」

『離家出走的貓，這我也記得。』

「天哪，久得簡直像是上輩子的事了。」

按著眼皮、吸著鼻子，我哽咽的說。

我想要的是狗，短毛的狗，如果能夠是鬥牛犬的話更好，最好。

那年的情人節我曾經這麼告訴過小翔，那是我們的第一個情人節，結果並不成功而且還很失敗的情人節，不成功且失敗的還有我們的那段感情，當時我不知道原來小翔還和他的前女友藕斷絲連著，後來這成為我們分手的原因，是氣不是傷的小翔，以及和小翔的分手。

我想要的是狗，短毛的狗，如果能夠是鬥牛犬的話更好，最好。

從小我就一直好想養隻狗，可是家母不准，一直都不准。

『養你們就夠我累，休想我再多養狗。』

家母如此說道。

直到我升國中的那一年，我姐帶了一隻她同學寄養的狗回家，長相很流氓卻其實很膽小又超級愛撒嬌的圓滾滾鬥牛犬我記得，睡覺打響呼喝水像洗臉走起路來屁股還一扭一扭的好可愛的狗我都記得，每天晚上我都會忍不住偷偷跑下樓去看牠睡覺雖然很神經但我就是忍不住的每天每天都這麼做的不例外，有回我頭髮被剪壞成小丸子頭還一路從髮廊跑回家抱著牠大哭我記得都記得。

我想要的是狗，短毛的狗，如果能夠是鬥牛犬的話更好，最好。

我聽說狗的壽命只有十年所以每天每天我都是以倒數的心情珍惜的陪牠愛牠寵牠抱牠，我甚至常常想像就算是牠十年之後老到牙齒已經不行眼睛也模糊而且還會尿失禁但我還是會覺得牠好可愛我還是會每天每天都照顧牠保護牠需要牠陪伴牠溺愛牠，可是等不到那麼久而只有一年牠就被原來的主人帶回去了，牠被帶走的那天晚上我難過得躲在棉被裡哭得好久好傷心我甚至想要去把牠偷回來我——

「我說幹什麼往後我人生走上歧路並且還人格偏差肯定就是這個的錯。」

大概是覺得有點難為情，於是我不自然的改口說，然後偷偷抹掉我眼角的淚。

『我覺得妳和以前不一樣了。』然而無視於我這毫無技巧可言的改變話題，宋育輪堅持著說：『我說的不是最初認識的那個妳，而是再一次相遇之後認識的那個妳，已經不太一樣了，這麼說妳懂我意思嗎？』

「我懂。」我懂，我當然懂。「倒是妳懂這堆英文字是什麼意思嗎？」

指著 Menu 上的英文字們，我問，然後我們抱著肚子笑了起來，笑點在哪？不知道，我們反正就是笑，盡情的笑，開懷的笑，為這一路來的點滴改變而笑。

笑。

吃飽喝足買完單之後，我向餐廳門口的狗雕像 Kiss goodbye，雖然我們兩人手上盡是一袋又一袋的重得要死戰利品，但宋育輪這傢伙卻還是堅持要走到對街的港邊和維多利亞的夜風拍照比 Ya 才肯走。

『觀光客就要有觀光客的樣子！』

宋育輪如此堅持。

「我們剛剛指著旅遊書上的照片點餐就已經夠觀光客了，現在老娘要回飯店休息！」

『好啊，那我就自己去好了。』

「好啊，那妳慢 Ya 囉。」

『喂！妳還真的走哦？』

「一向如此。」

『回來啦！』

哈。

多虧了宋育輪的這堅持，讓我們不但是拍足了照片並且回飯店時還恰恰在門口和我們的另一半巧遇。

「妳看眼前那對像不像是好恩愛的小夫妻？看來好像辛苦工作一整天，互相等下班再一起逛超市買水果，真是好個甜蜜蜜的畫面哪，簡直該拍成廣告。」

『妳連自己的男朋友也要毒舌哦？』

「妳明知道我毒舌的是妳男朋友。」嘖嘖，「沒想到他這麼合適手裡拎水果，好可愛的小妻子簡直是。」

『我都聽到了哦。』回過頭來怒視著我，不一會、小YG的眼神瞬間轉變成八卦：『咦？妳們身後那一對又是怎麼一回事？』

我們身後？

『蛋蛋和小俊？』

「蛋蛋和小俊！」

蛋蛋和小俊？！

『我只是盡地主之誼。』

小俊快快的說，同時把他們牽著的手往身後藏，而至於蛋蛋則是裝作沒聽到的說：

『後面的女人街好買又好逛，我想好了或許我可以努力存錢嘗試著來這裡批貨做網拍然後我自己可以當網拍模特兒。』

「顧左右而言他也沒用哦、小妞！什麼時候又怎麼以及誰先開始的？你們。」

嬌滴滴的瞅著我，這蛋蛋回以顏色的說：『那我這個顧左右而言他妳聽聽如何？』她一臉的壞笑：『聽說妳每到飯店一進房間立刻做的第一件事情就是刷浴室？』

「謝啦！祥恩！」

『不客氣。』這會兒祥恩可沒給面子的裝作沒聽到或者快快轉話題，他老子快活的就著這話題落井又下石：『這裡有個故事我得說，有回我送她一瓶新上市的浴廁清潔劑，她當時的反應遠比我送她 Tiffany 的水晶蘋果時還感動。』

「謝啦！祥恩！」再一次的、我重複，只不過這次咬牙切齒了許多，「這裡有個道理我得說，看著瓷磚縫裡的陳年污垢慢慢溶解是種無法言喻的滿足，這可不是水晶蘋果能辦到的。」

『她好像真的還滿古怪的。』

「這完全說得過去，得曉得家母可是每天都要曬棉被不說，被單床包可都還要熨過燙過才給睡。」

『我收回好像這兩個字，她真的滿古怪的。』

「我聽不出來這有什麼不對。」

『好了啦、妳們。』

祥恩笑笑的聳聳肩，一手接過我手中的提袋們、另一手他牽起我，不知道為什麼，我突然發神經的臉紅紅。

雖然我們經常牽手雖然我們總是牽手，但是不知道為什麼在這當下我突然想起我們第一次牽手時的感覺，心動的感覺。

我告訴自己可能只是因為我們確實是有一陣子沒牽手了所以這會我才會發神經的臉紅起來吧。

臉

。

紅

。

『好啦好啦，吵夠了就快快各自回房準備吃的喝的，』小YG宣佈：『待會在我們房間集合慶祝祥恩簽書行程結束啊！記得自備食物啊！』然後他好記恨的又補上這麼一句：『這次某人應該不會記錯我的房間號碼了吧？嗯？』

「哈，哈哈。」

咬牙切齒的、他看破：『我就知道妳是故意的！』

「哈哈，哈。」

宋育輪和小 YG 的房間（正確的那個），六個人，以及滿到桌子擺不下的水果食物。

『有種好像回到畢業旅行的感覺哦。』小俊說。

『聽來你們的畢業旅行也流行房間大風吹嘛？嗯？』

記恨鬼還在記恨著，我於是假裝沒聽到：

「倒是聽說我在國中時瘋狂追求某人是吧？」

這會換成他小子假裝沒聽到：

『對了，蛋蛋，讓我告訴妳以前我當作家時的事吧，那時候啊祥恩可還不知道在哪呢。』

「無恥。」

『感覺好大人的旅行哦。』沒頭沒腦的、蛋蛋有感而發：『你們是水果、名產和冰茶，我們則是滷味、炸雞和啤酒。』

『因為健康很重要，所以水果不可少。』

『而且也是託了某人的福啦，我們才開始這大人的旅行夜。』

『某個喝了酒就往別人手臂上掛著的女人。』

『所以我們只好開始封殺酒，順便吃起水果來，因為健康很重要、我再一次強調。』

「謝啦、各位。」沒好氣的、我說，然後疑惑的問祥恩：「你怎麼整晚都悶著不講話？累囉？」

『累是還好，只是我有種不好的預感。』祥恩緊張的望向冰箱，『實不相瞞我剛剛去上廁所時、順便檢查了一下冰箱，我十分確定我看到裡頭擺著個生日蛋糕，妳知道、我一向最怕——』

生日快樂歌！

『奇怪，你們哪來那麼多版本的生日快樂歌唱不停？』

事後，在我們自己的床上（昨晚蛋蛋好大方交換的這房間），祥恩又氣又笑的說。

「這得感謝小俊那傻蛋，我們說了大作家您最愛聽生日快樂歌，結果那楞小子還當真好用心的上網查了好多來，真是太久沒被陰了吧、所以才把我們的話給當真。你笑什麼？」

『大作家。』

「幹嘛？」

『我是說妳剛才稱呼我為大作家。』

原來如此。

「只要書暢銷，就算是個賣臉的，一樣可以是大作家沒問題的。」

『又來了。』

哈～～

「好啦，」看在他生日的份上，「大作家您明天終於不用再趕場、有私人行程玩香港，有沒有個哪想去？」

搖搖頭，祥恩說：『新書出版的這陣子我已經去了太多地方看夠太多的人了，所以明天我只想待在飯店裡，連餐都只叫 Room service 。』

「哦，」我要自己看起來不要太失望，「那我問問他們肯不肯讓我同行當電燈泡好了。」

『我是說和妳。』

「啥？」

『我只想待在飯店裡，不去哪也不見誰，只除了妳。可以嗎？如果妳不覺得這樣太無聊的話。』

這簡直是完美透了的夢幻旅行！

「是有點無聊啦，」吹著手指頭，我硬是忍住笑的說：「不過勉勉強強答應你好了，可是我怎麼記得某人是個必遊景點狂？」

『因為那個某人被他女朋友改變啦。』

「隨你怎麼說。」

我說，只不過我臉上的紅暈出賣我自己。

為什麼呢？為什麼會這樣呢？明明我們已經過了熱戀期、我們正在經歷平淡期、我們甚至還差點走出這結局，但搞什麼今天已經不止一次我為祥恩臉紅心跳呢？怎麼會這樣呢？這樣正常嗎？這樣對嗎？

管他去的。

當祥恩傾身吻上我時，我腦子裡只有這四個字，管他去的。

『再愛一次。』

再一次的事後，祥恩說：『妳那天、妳喝醉酒的那天，嚷嚷著說想要重新再愛一次，是什麼意思？』

「就是想要重新再愛一次的意思。」

『是我想的那樣嗎？那個寫書法的？』

煞有其事的、我糾正他：「不，他叫王亭越，聽起來是個寫了一手好書法的名字沒錯，但他不是，他甚至恨透宣紙和毛筆。」

我猜的啦，又沒和學長聊過這話題我哪知道？況且好端端的誰會去聊書法呢？

「對，我是想要再愛一次沒有錯，從我們約會漸漸不再為對方打扮討好我們甚至不再手牽手之後，我就一直這麼想，一直很想要重新再愛一次。」把手放在祥恩的大手上，筆直的凝望著他，我堅定的說：「所以是的，我是想要重新再愛一次，我是說和你，我想要和你重新再愛一次。」

握住我的手，祥恩問：『那你們？』

「乾乾淨淨，就像你和蛋蛋一樣。」

『那他幹什麼半夜打電話給別人的女朋友？』

因為在那之前我們才半夜一起喝過酒。不過這事無論如何我都不打算告訴祥恩。

我瘋了不成？

「這裡有個故事我得說給你聽，接著你就會和我一樣的懂。」

『嗯，雖然有點難懂，但又好像可以懂。』

聽完之後，這是祥恩的第一個反應，和當時的我一樣。

「嗯。那我們？」

『我們怎麼了？』

「我們沒吵出結果的那個架？」

鬆開手，祥恩淡淡的說：『就在有結果之前，我們好好的相愛。』

「那如果不會有結果呢？」

如果我們不會結婚呢？如果我還是抗拒著婚姻呢？

祥恩沒回答我，祥恩只是抱住我。

關於這點，他還是不願意再說。

終

爲了理想前進是幸福，爲了所愛倒退是奢侈的幸福。
另一半愛妳的可愛是幸福，另一半愛妳的不可愛是奢侈的幸福。

「這裡有個故事我得說。」

時間是晚上六點過八分，日期是我從香港回來的第二天，地點是和我相依為命了近十年、而今即將留在回憶裡的心愛小套房，面對前來領取旅行小禮物（優良的一品芭樂乾，重死人的整一箱！）（agnes.b的巧克力，貴死人的兩大盒！）（特地留著不花好送給雅蘭的印有男人香港紙鈔一張，哈！），並且細數按著清單給代買回來的名牌們之後，手裡捧著象徵性最後一杯即溶熱咖啡（從食物櫃的小角角裡找出來的，不知道過期了沒有？），再一次的我把學長的故事說給眼前這三個還在持續追蹤的她們聽。

「我剛說到哪？」

『圖書館很小？』

『初戀女朋友？』

『王子和公主？』

「哦，對。還有不合身的舊衣服，不過那只是個比喻而不是真的有件舊衣服——好啦，我就廢話到這，嘖。」

童話般的愛情故事，成人版的王子公主，沒有美好的童話結局，卻是一段找自己的旅程。

從那所餐飲學校畢業並且完成飯店的實習學分之後，王子和公主再一次的相約飛往瑞士，只是這次為的不是為期一個月的畢業旅行，卻是兩年起碼的碩士課程；本來以為這會是個再美好不過的幸福起點，在那個冬天會下雪、窗外還能遠眺阿爾卑斯山的童話般的國度裡，但是結果卻沒有，結果這卻是句點的開始。

一開始是因為冷，從小生長在國境之南的公主怕冷恨冷她發現自己再也受不了雪。

『沒完沒了的雪，到處都是雪！』

某天公主再也受不了的這麼抱怨著，而王子的反應是錯愕，他不太習慣眼前這位抱怨連連又太過黏人的公主，他始終以為公主是他眼中一直以來的樣子：溫柔又氣質時不時還哼哼歌。正如同他沒想到原來酒會是個好東西，既能放鬆又驅寒，同時還是他和那幫好哥兒們的感情良伴。

面對情緒時而失控時而低落的公主，王子的反應是躲避，王子一向恨爭吵，他從小開始就受夠了爸媽沒完沒了的爭吵和暴力，他看夠也受夠，他於是直覺的反應是視而不見的躲，躲進哥兒們的溫暖裡，把酒言歡，好不快樂。

只是，這快樂裡沒有公主。

王子漸漸也開始想，他想到在學校的那兩年，其實兩個人沒怎麼真正相處過，有一半的時間他們分隔南北各自實習，另一半的時候他們同在學校集體住宿，晚間樓梯口約會，週末學校外出遊，甜甜的美美的但卻都是片斷的；當時他們都沒有意識到這點、這只有片斷的相處，當他們意識到時，人已經在瑞士，冬天會下雪、窗外還能遠眺阿爾卑斯山的童話國度裡，王子和公主，被綁住似的長相處。

距離所畫出的美感不再，而現實又拉出兩人間的距離，他們於是明白，他們習慣了距離，他們不適合朝夕相處，他們沒辦法再假裝他們喜歡朝夕相處。

沒辦法喜歡，也不再試著去喜歡，他們那年二十一歲。

隔年春天公主提早離開獨自回台，同一年的冬天她捎來結婚的消息，對象是她工作地方的上司，大她好幾歲，也成熟他許多。

『而且顯然滴酒不沾。』

他苦笑的說。

懷抱著某種至今他依舊說不上來的心情，他專程飛回台灣南下參加婚禮；〈婚禮的祝福〉，他當時突然想起陳奕迅唱的這首歌，不記得為什麼他當時突然想起這首歌，只記得婚禮上他又開始一杯一杯喝起酒。

又一個他們過去經常爭吵的點：酒。

『在那之前我醉過不少次，但那是第一次我真正覺得需要醉。』

他認真的說。
婚禮上都是他們共同的同學，認識她也認識他，不確定是他敏感還是他們不掩飾，婚禮上的每一個眼神似乎都在告訴他：失去她是你的錯，是你搞砸了一切。
然而分手從來就沒可能是單方面的錯，只是當時沒人能懂得，連他也不懂。
他真真覺得自己錯。
他沒有勇氣待到婚禮結束。
『或許問題出在於性別。』
一位認識卻不熟的同學說。
他發現到他的離席，他於是陪著他提早離席，他感激那位同學的體貼，他於是提議去夜店續攤喝個醉。
『或許問題出在於性別。』
同學又重複了一次，接著傳遞個暗示性極強的眼神。
可能是酒喝太多可能是心情脆弱更可能只是單純的覺得這麼說好像沒錯，於是他們一起走回飯店共度一夜。
『也不曉得那算不算交往。』他說：『大概半年的時間吧，他來瑞士找我一次，我回台灣找他一次，接著我們誰也沒說再見就這麼不再見面。』

那是他第一次也是最後一次和男人交往。

隔年他取得大學文憑去到美國念碩士。

『只是不想回台灣，也不想再待在瑞士而已；不是有什麼不想面對的回憶，只是單純的想到一個新的地方用新的自己重新開始。』

他說。

同時他也試著想找出問題的癥結，他於是熱衷的和不同國籍不同職業不同類型不同年齡甚至是不同星座的人交往過。

『如果把那幾年的我快轉來看的話，一定很像約會電影的預告片。』他苦笑：『當時我生活的重心是約會，因為每個人好像都在約會或者讓自己有約會，在那個年紀沒有男女朋友好像是一件很奇怪的事，所以我想我應該也要和別人一樣。』

但奇怪的是他雖然很容易就吸引到女生讓對方成為自己的女朋友，但卻總是維持不了半年；他漸漸的發現自己雖然可以很快的愛上對方但卻也很快的就不再愛她。

『也忘了是哪天的早上醒來，我轉頭望著身邊的女孩，我發現我再也受不了和同一個人連續相處一整天。換個美國人的說法是：I need space.』

很多很多的空間。

終於他明白問題不是性別不是國籍不是職業不是類型不是年齡甚至不會是星座而是他自己，問題出在他自己，他善於展開一段關係，卻厭惡維持一段關係；在取得碩士文憑離開美國的時候他同時也明白到：他其實可以不必勉強自己和別人一樣。

想透了之後他決定回來台灣選了台北定下來，以良好學歷和良好的外表以及良好的態度得到良好的工作，每隔半年他做的不是去找個人來愛接著又不愛、而是要自己戒酒，不過總是沒例外的戒失敗。

「接下來的事妳們知道了，我們從咖啡喝到酒，然後他告訴我關於青春就是這麼一回事，還有那件舊衣服的事。」

『舊衣服？』

「就是那個比喻啦、白痴。」

『哦。』

這事她們想了想，接著沉默了好一會兒之後，淑婷首先打破這沉默：

『聽來我們是同類。』

『或者甚至是絕配。』雅蘭搭腔。

『就像某人和祥恩。』秋雯偷笑。

「結果我就決定不住妳們的美人居了。」

直接跳到結論的、我說，接著我看著她們在我眼前楞成一團。

臉紅紅的、我宣佈：「我要和祥恩一起住，或許就買秋雯對門的那一戶。」

『啊？今天一大早就跑來看房子的人是他？』

『我剛剛有漏聽什麼嗎？我很確定我從頭到尾都聽仔細哦。』

『連個開頭也沒有，怎麼一下子就跳到結果去？』

『怎麼來的這結論？』異口同聲的、她們問。

「因為一場旅行，一部電影，一個廣告，和洗衣店。」

一場旅行，一部電影，一個廣告，和洗衣店。

每次旅行回來時，首先我不得不做的第一件事情就是去到對街轉角的自助洗衣店報到。

『妳這裡沒有洗衣機實在太不方便了。』

不止一次的、祥恩這麼抱怨著，但其賽這事他壓根沒得抱怨，因為這事我不但不嫌麻煩而且還熱愛得很，畢竟有什麼地方比乾淨明亮而且又充滿清潔劑味道的洗衣店更令人心情愉快的呢？

就像是籃球場之於祥恩、圖書館之於學長一樣，而我則是洗衣店。

而昨天也不例外。

走出洗衣店之後，我習慣性的去到斜對面的小小咖啡店待著等時間。這間小小咖啡店有著世界上最難喝的咖啡和世界上最愛看電視的老闆，老闆把店裡最好的位子讓給了電視，除了動手做飲料以及收錢找錢之外，我從沒見他視線離開過電視。

而昨天也不例外。

照例是點了杯冰紅茶之後，我挑了平常總坐著的位子待下加入老闆的電視行列，昨天他看的是國片台，演的是一部我沒看過的電影，電影的主角是鄭伊健和李嘉欣，不過真正捉住我目光的卻是曾志偉，或者應該說是、他在電影裡說的這句話：

『以前我娶她，是因為我愛她；現在我才知道，原來是因為我不能沒有她。』

我當下整個人怔住。

接著是那個廣告播出，接著下一秒，我打了電話給祥恩。

「我覺得很不爽。」

而，這是我開口的第一句話。

『喂，我在開車耶。』

「你給我閉嘴！我才剛要說而已。」

我覺得很不爽，這是這陣子以來我最具體的感覺。我不爽我好像只是個結婚的對象，我不爽一起變老就一定要結婚是嗎？我不爽好像人活到某個年紀、生活的重點好像就只剩下結婚還有生小孩，我甚至不爽我自己不夠好，不會是個好老婆好媳婦甚至會不會是個好媽媽也沒有把握，而且更有可能還會是個被媳婦討厭的壞婆婆！

楞了好一會之後，祥恩才慢慢的開口：

『妳怎麼知道我們會生的是兒子不是女兒？』

「因為我知道你想要的是女兒所以我偏偏要生的是兒子！」

『妳白痴哦。』

他在電話那頭笑著，我聽見馬路上有人對他按喇叭的聲音傳來。

『可是我媽還滿喜歡妳的啊。』

「那是因為我們都只是片斷的吃個飯而已啊。」

『妳幹嘛對自己這麼沒信心？』

「因為你不曉得我在遇見你之前過得有多慘！如果不是遇見你，我真的不知道該怎麼辦！」

那時候我的人生一切歸零，不，說是歸零還算客氣，正確說來應該是一屁股債，欠銀行卡債，欠出版社稿債，還欠姐妹們人情債，我對自己好失望，對我的人生失望，對我的愛情失望，對我的失望失望；後來我振作著想要重新開始，可是卻不太成功，我是個失敗的編輯、失敗的作家、甚至我連失敗者都當得很失敗。

然後我遇見祥恩，然後……

「然後曾志偉說了那句話，好像是專程說給我聽的一樣。」

『什麼話？』

「對於我和你，與其說是我愛你，倒不如說是我不能沒有你，不，更應該說是我不要沒有你，所以你開車小心一點。為什麼你一直被按喇叭？」

『妳白痴哦。』還有：『突然的提曾志偉幹嘛？』

「這說來話長而我懶得說。」

在手機那頭斷訊了好一會之後，祥恩的聲音才又傳來：

『所以呢？妳要走過來還是我走過去？』

「什麼鬼？」

『洗衣店，我人在洗衣店，這就是為什麼我剛才一直被按喇叭的原因，因為我連闖了好幾個紅燈而且還逆向行駛一小段；而妳的衣服正在脫水差不多快好了，所以我看還是妳走過來好了。』

洗衣店，祥恩和我，還有正在脫水差不多快好了的衣服。

「你怎麼知道我在這裡？」

『總不會是我在妳肚皮裡裝了監視器吧？』摟著我、他笑著說：『那當然是因為我了解妳。』

「哦。」

『所以呢？』

「所以你還是要娶我嗎？」

『妳這是在跟我求婚嗎？』

「總不會是在聊天氣吧？」

『到頭來，妳還是不肯溫柔一點嗎？』

「還是那三個字：辦不到。」

然後我們笑，相視而笑。

「你不多比較嗎？」

『不，』祥恩堅定的說：『不是懶得比較，而是我知道妳就是我想要的人，我不止一次想像我們一起變老的模樣還想到忍不住笑出來。對，我確實是比較想要女兒沒錯，但我並沒有只把妳當成一個結婚的對象，我只是喜歡和妳在一起，喜歡我的視線裡有妳，總是有妳，我甚至喜歡妳直接到欠揍的這種個性；我們都不完美也都不夠好，可是我們在一起就是剛剛好，就像兩個缺成就一個圓。』

「失落的一角。你以前說過。」我得意的說：「泰戈爾寫的、我記得。」

『不是泰戈爾啦、講幾次！』

「隨便啦。」

『還有，我也很不爽，為什麼每次吵架都是我讓妳？』

「你沒有都讓我，你只是都跑來找我，而且都還臉臭臭。」

『還有遮浴巾。』

「還有遮浴巾。」

我同意。

『說到房子——』

「誰說到房子？」

『我，而且我正要說。』祥恩又氣又笑的說：『我媽要我結婚後就滾出去。』

「什麼東西？」

『家族傳統，小孩結婚後就要搬出去獨立。所以小輪他們現在也在找房子，說到這，美人居是什麼鬼？』

然後我就笑了。

「說到這，秋雯他們對面那戶出售中，雖然沒看過但我想格局應該都一樣，原來格局有個專屬更衣室被秋雯改成專屬食物室，而我的話則是想要改成專屬洗衣間、如果你不介意的話。」

『我不介意，而且我明天就去看。』

「希望你會喜歡，因為那個大陽台我也好喜歡，好適合曬棉被和熨床單。」

『不是吧？』

「嗯是的，那不是我媽的堅持而是我的，我是說如果哪天我能夠擁有個大陽台的話，可以每天曬棉被還有熨床單、光想就開心。這樣你確定還是要娶我？」

『不然怎麼辦？』

呵。

『所以妳剛才到底為什麼突然提起曾志偉？』

「曾志偉只是個 Sign，更精準說來是那個廣告才對。」

『廣告？』

奇美電漿電視的廣告：
為了理想前進是幸福，為了所愛倒退是奢侈的幸福。
另一半愛妳的可愛是幸福，另一半愛妳的不可愛是奢侈的幸福。

The End

特別收錄：『喂！你』

寫在『喂！你』之前

其實把『喂！你』收錄在《對不起，謝謝你》的最後整個很突兀而且沒有必要，還有那麼一點在給自己自找麻煩的浪費，不過之所以自己想要並且堅持這麼做的原因是，『喂！你』其實是對不起系列的最初靈感來源。

那是二〇〇二當時我的寫作生活正好是低潮的起點，那階段的書不再像頭幾本那樣賣到讓出版社快樂，而是開始連首刷也賣不出去，我不知道為什麼這樣，不，其實我知道，那跟我把筆名改掉其實有某程度上的影響；當時我不太適應作家這東西，也很不拿手和當時的出版社打交道，我那時候很年輕，沒有什麼社會經驗，不太理解所謂大人的社會是該怎麼應付、而且還不受傷，或者是被誤解；可是我還是想要寫作，我不知道該怎辦，我沒什麼作家朋友，所以這事沒得找誰聊，我矛盾，我無助，我憤怒，對自己。

接著我撇開小說不寫，反而是在網路上寫著當時的這些心情，把我的無助偽裝，把我的憤怒宣洩，而當時的這些心情，也就是如今各位眼前的『喂！你』，當時的這些心情，在當時發表的網站受到某種程度的支持還有回應，接著我有點錯愕的發現到：原來這樣子不修飾甚至有點不好說破的粗魯的文字是有被喜歡的空間，而再接下來的事各位應該就猜到了，再接下來，我把這樣的筆風帶進《對不起，我愛你》裡，抱著姑且一試、愛出不出隨你便、反正也沒可能再低潮了的任性，我寫出了《對不起，我愛你》，在兩個星期的瘋狂裡，我開啟，我完稿。

而很多很多的兩個星期之後，我坐在這裡，此時此刻，對著電腦，看不到你們，卻感覺得到你們的存在，然後由衷的感謝，且珍惜。

◆之一

當你翻開這本書的時候，你便可以很確定你是多此一舉的。

闔上它，放回去，我說真的。

又或者看完它，但請別記住我的名字，我可不想平白無故給一個陌生人寫信來吐口水。

你還在看?你偏要看完它然後寫信來吐我口水?

那好，我就繼續寫了，反正我常接到口水信，多一封也沒有所謂。

你可能會想這樣一本惹人厭的書裡究竟會寫些什麼屁話，坦白說，我也正在想著。

愛情?

我受夠這兩個字了!我寫過很多愛情故事，寫過太多愛情的結果就是一看到愛情這兩個字就令我忍不住打哈欠外加放臭屁。

教條式帶人呼喊要快樂要幸福?

這倒是可以考慮，如果我早這麼做的話，很可能我早就登上暢銷書作家的行列，弄得好的話，搞不好還可以一本書當五本出，但問題是我既快樂不起來也沒見過幸福是什麼模樣，或許等我十年後開了竅再說，當然前提是我活得了那麼久的話。

告訴你如何在三十歲前成為億萬富翁？

笑死我，要我真懂的話，幹嘛還坐在這裡喝三十五塊錢的咖啡水，寫這屁話一堆的蠢字。

那我到底要寫什麼？

好問題，其實寫到這裡我也還搞不清楚，我老在自言自語。

騎車時我躲在安全帽裡自言自語，洗澡時我泡在熱水裡自言自語，看電影時我對著男女主角自言自語，聽情歌時我對著主唱人自言自語。

而現在，我用文字自言自語。

你幹嘛花時間看一堆自言自語的文字？你太無聊了？好吧，這答案我接受，我也總無聊的。

我常因為太無聊於是買了一堆莫名其妙的書回家，早一點是昂貴的保養品，再早一點是衣服鞋子，更早一點是小虎隊的所有專輯。

結果那些東西現在都不知道跑哪去了。

我的錢也不知道跑哪去了。

◆之二

聽過後設小說沒？

在網路上有人熱烈的討論過，但我可沒參與，並不是我擺高調不屑網路，而是那四個字難倒我了，四個字拆開來我都認識，但擺一起什麼意思我真不懂了，我可不想上網暴露我的無知然後給人嘲笑。

什麼叫後設小說？到底。

好像是作者寫呀寫的，會突然跳出來告訴你他幹嘛要這樣寫，接著他要怎麼寫，這類的。

所以你以為這也會是部後設小說？

坦白說我還沒決定，我只是昨天好不容易搞懂了，所以現在剛好想到於是就把它寫下來，好造成這個人腦子裡除了垃圾之外還是有一點東西的誤解。

真是虛榮得很，我也這樣覺得自己。

但不用寫信告訴我這件事，已經知道的東西用不著別人再來跟我確認一次。

或許我可以說一說關於我這個人活了二十三年的鳥事。

當然前提是你如果有興趣知道的話，但我坦白說，換成了我是你的話，我會立刻闔上這本書，然後拿起旁邊那本寫愛情寫得感人肺腑的，或是排行榜上那本教人如何快樂如何幸福的，要不那些封面印有人頭教你如何在三十歲前成為億萬富翁的也行。

然後把它買回家，過了幾天之後，你甚至還沒讀完它，結果它就已經不知道跑哪去了。

你的錢也不知道跑哪去了。

其實不知道跑哪去的，是你的靈魂。

在這座小小的，吵吵的島上，靈魂，其實缺貨。

看到上面那句話沒？是不是似曾相識？

我抄的，怎樣？

抄了兩個作者的兩本書裡的各一句話，怎麼樣？

天下文章一大抄是不是？我曾經連某個愚蠢的筆名都是抄的，所以關於抄別人的文字，算起來已經是比較有格調的事情了，關於我這個人。

這個腦子裡除了垃圾之外別無它物的人，這個錢都不知道跑哪去了的人。

◆之三

還在看是不是？口水已經準備好了是不是？

相信我，先放著，那點口水還不夠的，我發誓。

好吧，我這就說說這二十三年來發生過的鳥事，寫得深刻點的話或許還可以被討論一番，但問題是這二十三年來我從來沒有深刻的活著過。

當我腦子還在的時候，大人告訴我該怎麼活，關於乖乖吃飯睡覺，好好用功讀書，好方便長大後順利把自己嫁出去的這些事。

我那時候想了想覺得好像還挺不錯的樣子，於是就照著做了。

但有天我一覺醒來，發現我的腦子不見了，於是我開始不再乖乖吃飯睡覺，我以一種自虐的，放縱的，沉淪的，虛空的形式活著，不知道為什麼的活著。

沒辦法，我的腦子不見了，它跟著我的靈魂離家出走，我不知道它們哪去了。

我得試著回想這一切的經過，想想我的腦子是怎麼被我的靈魂給騙了出去的這件事。

我想起了小時候的自己，乾乾扁扁，瘦瘦小小的，老是扁著嘴巴皺著眉頭，尤其討厭被拍照，簡直活像個自閉兒。

我有一張照片，是給哥哥逗哭了，我哭著給他追著跑，大人覺得好玩於是拍了下來，實在無聊，那些所謂的大人。

我曾經坐在家門前的板凳上，有模有樣的告訴鄰居的小妹妹，照片裡的哥哥是壞人，我是好人。

為什麼?小妹妹張著大眼睛，操著嫩嫩的聲音，天真無邪的問道。

因為壞人老欺負好人呀！電視都這麼演的不是?

對厚！

她很認真的點點頭，我很滿意的笑開來，我們勾勾手，約定好要對壞人施以冷戰。

但沒用，晚餐媽媽逼我吃下紅蘿蔔，我只好以十塊錢，相當於兩包乖乖的代價和壞人交換。

我很需要壞人，只是那時候我自己還沒發覺這件事。

我常常被壞人欺負，我老是在心底詛咒他消失，到後來我不曉得壞人的消失和我當時的詛咒有沒有關係。

每次一想到這點，我總會陷入深沉的沮喪裡頭，出不來。

上帝呀上帝，你有那麼多事情忙，為什麼偏偏聽了一個蠢小孩的詛咒呢?

上帝呀上帝，如果我再詛咒壞人回來欺負我，那你會不會把壞人還給我呢？

你不會的，我知道，所以我不信你。

◆之四

我的確是個稱職的自閉兒，小時候。

小時候的我比較像女生，雖然乾乾扁扁，瘦瘦小小，老扁著嘴巴皺著眉頭，偶爾回想起來，我也搞不懂那時候到底在憂鬱個什麼勁。

小時候壞人是那裡的孩子王，他老把我丟在家裡自己跑出去玩，心情好的時候才會讓我跟在他屁股後頭。

因此媽媽給我買了一堆芭比娃娃，那時候我的死對頭弟弟還沒出生，我是家裡的寶，每天爸爸都會親吻我起床，起床後我就一個人在家裡玩娃娃，或者等壞人心情好帶我出去玩。

大人之所以嘲笑小孩的愚蠢，主要是他們不記得自己小時候的模樣了。

我在報紙上讀過這麼一段字，當我已經不再是小孩子，也開始嘲笑蠢小孩的時候。

但我非常清楚的記得小孩子的我所幹過的蠢事，但我發誓，如果不是壞人的話，我或許會比較不蠢些。

有一天壞人和姐姐煞有其事的告訴我，有一個祕密，很重要，是關於我的終身大事。

我一聽，不得了，這麼重要的事豈可錯過！終身大事，不得了的。

但那兩個傢伙可不管，我越要聽他們越不肯說，我只好哭著跑到客廳找爸爸告狀，那個每天都會親我起來的靠山，我發誓長大後要嫁給他的那個靠山。

因為是祕密所以怎麼能告訴妳呢！靠山笑著說，他們是一夥的。

我哇的一聲哭了出來，他們哇的一聲笑了出來。

於是我始終不知道那個祕密是什麼，或許他們也不知道，甚至他們忘記了也不一定。

關於我這個人的終身大事的祕密，他們欠我這個祕密，他們或許根本忘記了。

我從那時候起就開始擔心將來嫁不出去，仔細想想，我這個人真是早熟得惹人厭。

我心底有個祕密，告訴我祕密的那個人消失了，於是這個祕密不得其解。

我懷疑我會因此而嫁不出去，直到現在還是一樣的擔心著。

我想我是該怪那壞人的，但我卻想他，非常非常的。

我想倘若我上了天堂會發了狠的把他欺負回去，因為他走得太急，而我早已經長他好幾歲了，所以我有把握能扳回一城的。

我確信他會在天堂欺負其他的好人，或許他膽敢欺負上帝也不一定，但我沒把握我是不是也上得了天堂，因為我的靈魂出走。

它離家出走了，帶著我的腦。

沒有靈魂的人如何能上得了天堂。

◆之五

有沒有見過天生的直髮？

我是，剛在洗澡時突然想到關於天生直髮的這件事。

我曾經和朋友吃飯的時候，她盯著我終於長過肩的頭髮，問：妳是不是有離子燙？沒有，我天生直髮。我當時忙著懊惱怎麼眼前的豬排和想像中的完全不一樣，壓根沒心思理會她。

真怪，怎麼頭髮會直成這樣？她不放棄的碎碎唸著。

因為我天生直髮。我真的很想把那想像外的豬排塞進她的嘴裡。

但還好我沒有，所以她昨天還打電話來，我們聊得很開心。

沒提豬排，也沒提離子燙，或者天生直髮這些五四三。

我天生直髮。

小時候媽媽曾經試圖帶我去燙頭髮，看看能不能把這個瘦瘦小小，乾乾扁扁，老扁著嘴巴皺著眉頭的小女兒弄成個想像中的小公主。

結果這個她想像中的小公主的鬈髮只維持了一個月就直回去了。

接著她不死心的又試了三次，最後終於放棄不再和鈔票過不去。

天生直髮，媽媽對著我說。

那是我第一次聽過這名詞。

天生直髮，我似懂非懂的跟著唸一次，然後十幾年後，在試圖把想像外的豬排塞進朋友的嘴巴前，才又想起這件事。

關於天生直髮的這件事。

我第一次頭髮長過肩，難怪我們認識這麼多年，她才第一次發現我的天生直髮。

我念的那個該死的新娘高職，非常落伍的還維持著關於髮禁的這個蠢規定。

每個人得剪清湯掛麵的學生頭，不准染不准燙，不准有花樣。

裙子不准短過膝，襪子只准穿白色，皮鞋只准同款式，每個人活像同一個印章蓋出來的，可能老師還得看看學生證才分辨得出哪個學生是哪個也不一定。

畢業多年後有次我經過那鬼地方，發現每個人都還是那副蠢德行時，我竟覺得有股深沉的悲傷。

替她們悲傷也替自己悲傷。

人不輕狂枉少年是不是？在那彷彿公務員蓋印章的三年裡頭，我幹過最囂張的事情就是剪了不一樣的髮型並且染了色而已。

並且因為這樣被導師冠上會帶壞全班風氣的罪名。

換成是你，你會不會也覺得悲傷？

我真替那三年印章生活感到深沉的悲傷。

於是畢業後，當所有的印章同學忙著把頭髮留長時，我卻想把頭髮剪得短短的。時髦的囂張短髮。

剪出來效果不錯，看過的人都說讚，於是非常虛榮的我因此維持了好幾年的短髮，各式各樣的。

我總給一個設計師剪頭髮，他老穿得一身黑，我不知道他什麼意思。

有天我醒來突然有個今天非剪頭髮不可的念頭，於是我又去找他了。

那不知道什麼意思的黑衣男休假，於是換成了一個短髮女來給我剪。

她長什麼德行穿什麼衣服跟我說了什麼話我全給忘了，我只記得她撥著我的頭髮，突然冒出一句：

妳有點隱性的自然捲。

不是，我天生直髮。

真的，妳有隱性的自然捲，只是妳沒發現。

我忘了後來是誰吵贏了，但我想應該會是她。

因為同樣的話只要說兩次以上我就會覺得非常疲倦，很可能後來我在那髮廊睡著了也不一定。

但那是我最後一次給人剪頭髮，她幫我剪了一個相當時髦的型，讓我得意了很久，還把幾個朋友也騙去給她弄。

但不知道為什麼，我開始想要留長頭髮了。

◆之六

看到這裡口水已經準備好了是不是?準備好要寫信來吐口水了是不是?

吞回去，口水對人體很好的，相信我。

別把這口水浪費在一個不相干的人身上，聽我的。

不要隨隨便便寫信給作者或作家或謙虛為寫手或雜七雜八煩死人的名詞，你知道我指的是什麼。

我的意思是，不要隨便寫信給那些人吐口水，很沒有禮貌的行為，我說真的。

如果你也曾經嘗試過寫作，如果你立志要成為作家，如果你對創作文字有莫名的狂熱，想清楚再說。

這可是一個會把人給逼瘋的行業，看看我，看看我就知道了，我可是一個最好的例子。

我發現專職的作家多半帶有潛藏的神經病，或者神經質。這是一個混帳傢伙對我說過的話。

他說完發現我兇狠的眼神之後，趕忙舉例村上春樹啦，誰啦誰啦，這些的，說的好像他和他們多熟一樣，好像昨天才一起吃完飯一樣，簡直笑死我。

那個白痴還曾經試圖告訴我關於一些他深信不疑的蠢八卦，基於禮貌，我是無論如何也沒有辦法要他閉上鳥嘴，但我發誓我在心底起碼朝他吐了五百萬遍的口水。

他不寫作的，所以我吐他口水是相當說得過去的事情，甚至我懷疑認識他的人其實都想吐他口水。

但是相信我，別隨隨便便寫信給作家吐口水。

簡直要命！這寫作。

你只能一個人，你只能想破頭，然後勉勉強強寫出些看似像話但其實狗屁不如的文字來。

坦白說你要我舉出寫作有啥好處來我還真不敢扯謊，我的手指會抽筋的，我試過。最要命的是，當你辛辛苦苦寫出一部作品來，結果卻接到讀者的口水信，或是無意間在網站上面看到被評說還好而已，簡直教人連哭的勇氣都沒有，你會寧願自己是個文盲。

你起碼會讓你的原子筆斷水一個月，讓你的電腦當機一個月，然後每天每天睡前告訴你自己其實沒有那麼糟，但醒來第一個念頭卻是趕快找個像樣的工作。

接著一個月過去，你還是找不到任何工作，連不像樣的都找不到之後，你才有藉口繼續試著寫作。

可能你寫作過，可能你沒有，但你絕對想像不到一個無心的批評對於一個用心寫作的人而言，那打擊有多大。

相當於你直截了當告訴他說，我拜託你請求你幫幫忙行個好，不要再寫作了。

很糟，這種行為很糟，我得說。

但你說你真覺得他爛呀！聽我說，聽我真心誠意的說，每個人的喜好不同，追求的不同，表達的不同，不合你的胃口你大可選擇沉默，不要輕易摧毀一個人好不容易建立起來對於寫作的勇氣。

做功德，是不是？

可能你要說，我批評他是幫他呀，我建議他怎麼寫往哪個方向寫比較好呀，我是為他好，你說。

我說，一個人想寫什麼，只有他自己最清楚，他用心點他會去想想他自己的文章該怎麼改進，可能他會有他的盲點，他家的事，你怎麼知道他的盲點就不好？

你還是不接受這說法？我倒想問問你，你可曾見過完美的文章？

看到這裡，你真想吐口水了是不是？我就知道。

◆之七

對咖啡有什麼堅持沒有？

我對咖啡一點堅持也沒有。

熱的喝，冷掉的也喝。冰的喝，涼掉的也喝。煮的喝，即溶的也喝。貴的喝，便宜的也喝。

自己付錢的喝，別人請客的喝，只要是咖啡，我就喝。就算不是咖啡，我也喝。我寧願餓肚子也不能渴了喉嚨，我有起碼的堅持。

我喝咖啡的歷史相當早，比起我那個堅持不碰咖啡的白目弟弟而言。我從小就被姑姑帶著到處喝咖啡，她對咖啡的堅持是只喝用虹吸式煮出來的那種累死人的咖啡，所以我小時候喝的咖啡反倒比長大後喝的還講究。

那些咖啡什麼味道我全忘了，我只記得每次喝完之後姑姑老是猛灌我水喝，說是為了沖淡咖啡因。

喝咖啡又灌水沖淡咖啡因？哈～姑姑每次都會覺得很幽默的自己笑起來，我很愛她，我沒有意見。

讀書時同學在一家咖啡館打工，她那也有台虹吸式的咖啡，但她卻從來沒有想要弄給我們喝過的意思。

後來有一次我在高雄念書了，那天從台南看完朋友回學校，不知道為什麼，我突然很想把自己藏起來，於是我在學校附近找了家看來冷清並且陰暗的咖啡館坐下，我點了杯冰咖啡。

不知道是那咖啡濃馥得感人還是當時心情雜亂得煩人，我竟就坐在角落對著牆壁哭了起來。

別問我為什麼哭，我也忘了，很多事我都忘了，我有選擇性的遺忘症。

哭泣是相當丟臉的事情，雖然那時候沒有人看見聽見，但每次和朋友經過那家咖啡館時，我總是迫不及待的想要逃離那店門口，好像我這個人有什麼祕密丟在那裡似的。

我只好逃離，用一種做賊心虛的姿態，逃離。

後來工作，不存錢淨花錢，和朋友每天每天，每家每家的喝咖啡。

我喝過很多作假的咖啡，他們唯一真實的是那一成的服務費。

他們水會倒得很勤，我想那大概是因為他們也覺得對不起那咖啡的緣故。

作假的咖啡喝多了的結果就是，你會開始對那些漂亮的咖啡館失去了期待，當你走進那樣的咖啡館時，你唯一可以期待的就是，他們收你一成的服務費，然後很不好意思的對你微笑。

我今天剛好拿了一杯熱拿鐵，但卻送來一杯用熱拿鐵杯裝著卡布其諾的咖啡來，看得我直想跟他們要肉桂粉或巧克力粉。

到底算是不錯的了，我們曾在法國向大鼻子侍者拿熱拿鐵結果卻送上熱紅茶的。

我對法國沒有什麼好感，但真正原因到底是為了什麼，其實我也忘得差不多了。

◆之八

我告訴你一個天大的祕密，你可千萬別把我洩露出去。

我有病，真的。

我真的有病，不管你信是不信我都不會在乎的，我不會因為你相信我就痊癒，也不會因為你不信就馬上掛點。

我告訴你不是要你來同情我可憐我安慰我照顧我，我只是覺得沒必要隱瞞而已。

我告訴你也不是因此就可以出口傷人不負責任任性驕縱狂妄自大都不會有人怪罪我。

絕症不是免死金牌，死亡才是。

所以你問我，為什麼我要告訴你？

其實我也不知道我幹嘛發神經這麼做，我老發神經幹一些相當莫名其妙的事情，但你可別以為我得的就是神經病。

我只是突然想起小時候，有次我發高燒，燒得我頭昏眼花，躺在床上下不來，那時候我的死對頭弟弟早已經被生出來，我不再是家人眼中唯一的寶，因為這樣我和弟弟好幾年處不好。

但那天，我發高燒的那天，燒得我頭昏眼花，躺在床上下不來那天，我是家裡的焦點，所有人都對我呵護備至，隨便我想吃什麼就什麼，想幹什麼就什麼，想睡就睡，想吐就把頭一偏，反正不用我去掃。

我那時候覺得很好，這病。

但很怪，後來不管我再怎麼得重病就是不會再發高燒，我因此感到相當之懊惱，我不再可以因為生病而為所欲為不負責任，換作是你，你喜不喜歡生病？

我喜歡，我承認。

我不管你怎麼對我這個觀點皺眉頭不予置評，我不在乎。

反正我現也真的病了，我得了一個不會發高燒但卻更危險的病。

到底什麼病？你問我。

我幹嘛告訴你？我覺得沒有必要隱瞞生病的這件事情，但你在哪裡看到我說準備坦承這病了？

你認為我這是存心故意把話說到一半惹你好奇卻偏偏不告訴你正確答案？

我是。

◆之九

喂！你。

你今天做了什麼沒做什麼吃了什麼喝了什麼看了什麼聽了什麼想了什麼氣了什麼？別告訴我，我沒興趣知道。

你想說的話找個對你有興趣的人說去，但絕對不會是我。

我今天被一個辣阿媽給嚇得腿軟，在過馬路的時候，還好我只看了她一眼，否則我真會連眼珠子也給嚇得滾出來。

她戴安全帽騎摩托車和我一樣等紅燈變綠色好過馬路。

我遠遠的看見一隻發白的大腿，那裙子開高衩露出整條白大腿，遠看還無所謂，但近看可不得了，鬆鬆垮垮毫無光澤青筋浮起。

嚇死我，那白大腿，一整隻全露給人看了，視覺強暴是不是？

然後我又遇到一個暴露狂女生，也騎機車，當我從 7-11 走出來想要過馬路的時候。

我今天大概犯爛桃花吧，我想。

她其實不是暴露狂，只是她不小心洩了底還讓我看到。

穿短裙騎機車，在停下車時她把右腳放下兩腿沒併攏，底就洩了給人看見。

換成是你，你會覺得賺到了？大飽眼福？再看一眼好確定什麼顏色？

我不，我覺得難過，當然我沒想要試圖再看清楚她的長相身材氣質打扮，我又沒打算把她，我弄那麼清楚做什麼？我連當面嘲笑她也懶。

總之穿裙子騎車時小心點，別給人白看了還上網寫文章嘲笑一番。

是不是有誰說過只要女人脫光光男人就會老二不聽話？

別把男人想得那麼沒格調，我說真的。

誰沒有選擇？只要是人都有選擇，男人也是，雖然他們是該被歸類為低等動物，但他們到底勉強也算是人，這也是相當無可奈何的事情。

不是每個脫光光的女人都會讓他有反應的，再說一個女人若是只能脫光光才能讓男人反應，哎！那不是很慘嗎？換作是我早早排隊等喝孟婆湯重新投胎算了。

這件事情讓我想起一個朋友，他是個相當稱職的好色男，我曾經一度懷疑只要是長了胸部的女人他都會想要去把。

他的學問相當淵博，當然這裡的學問指的是對A片的研究。

但有天他對我說，他看見有個女人腿開開連底褲也沒穿，他看起來相當苦惱，他的眉頭皺得快打結，他說這害他連看A片都沒了興趣。

當然後來他還是娶了個大胸部的女人，幸福快樂的生活去了。

男人低不低級？我不知道，我沒懂過男人。

女人高不高尚？我不知道，我沒懂過女人。

以前是男人主宰一切的時代，後來女性主義冒出了頭，男人女人從此吵個沒完沒了，簡直煩死人。

我寧願找隻小狗吵去，跟牠搶骨頭也強過吵這些五四三。

你如果要問我活在哪個時代，我告訴你，我活在無性別時代。

我不會因為一個人的性別就對他有任何先入為主的奇怪想法，我只尋找對味的人。

做個朋友嘛，你管他男人女人。

◆之十

喂！你。

接過口水信沒有？我還沒有。

接過讚美信沒有？我有。

每一封信我都得意的想把它貼到網路上四處炫耀，像個公雞一樣四處咯咯叫，四處去招搖，一副怕別人不知道我給人讚美的要命心態。

尤其是那些回應熱烈的文章，把那些讚美信給貼上去，肯定事半功倍的，就算那些文章那些回應不關我的事也無所謂。

但我到底沒有，那會讓我看起來像個可笑的小丑，我媽媽生我下來可不是要我扮小丑給人笑話的。

每一封信我都會仔仔細細的閱讀，然後滿心歡喜的回信道謝，我得坦白說，沒有那些信，我就沒了勇氣繼續上網寫文章鬼吼鬼叫的。

換個你們比較熟悉的說法是：上網寫文章耍白爛。

人到底是喜歡被讚美被認同的，是不是？

這跟虛榮無關，這跟繼續寫作的勇氣有關。

我曾經試圖把那些信弄成資料夾每天開來自我陶醉一番。

但我還是沒有。

沒辦法，我太愛刪東西了，每一封信我總是面帶微笑滿心感激，然後刪了它。

你懂不懂我到底在感激什麼？我感激他們在我身上做功德。

我是這樣一個把自信心建立在別人對我的喜歡上面的人，我沒辦法。

我到底不是很滿意自己，我拿自己沒辦法。

你是不是跟我說過，寫文章是自己的事，自己滿足了文字慾就好？

你還說若是太在意別人的看法是會入了魔道的。

我倒想問問你，沒有人在意沒有人喜歡的文字，那又何必要存在？

你也不懂了是不是？你又想拿什麼理論來推翻了是不是？

沒用的，真的。

我表面上或許會假裝同意，但心底可不。

假裝同意是為了停止爭論，當爭論到了最後只會成了垃圾，亂了方向，壞了情感，幹嘛要這樣？

我又不是為了找你吵架才來認識你的。

別再口口聲聲說是為了我好，你若是不知道該怎麼對我好就別以為這是為我好。

我又不歸你管，你如何知道怎麼樣對我最好。

所以我不會再告訴你為什麼我寫文又刪文，那是我自己的任性，或許我負得了責任，或許不。

我是一個連日記信件都能燒毀的人，我是一個連感情回憶都能遺忘的人，何況只是一個簡簡單單的滑鼠一按？

別再說是為我好對我好，別再試圖要我聽你話。
光會說漂亮話卻用行動傷了人有什麼用？
漂亮話我聽太多，結果那些人都不知道哪去了，那些口口聲聲說我最好的人都不知道哪裡去了。
我的靈魂也不知道哪裡去了。
我想上天堂，天堂有人在等我，可我的靈魂不知道跑哪去了。
可能它自己先上了天堂也不一定，它不管我了，不管了。
我的靈魂也曾經說要對我好，可它不知道哪去了，和那些所有說要對我好為我好的人一樣。
都不知道哪去了。
只剩下這一個空洞的軀體，正對著電腦寫文章鬼吼鬼叫的。
或者說是白爛，你們比較熟悉的說法。

◆之十一

喂！你

這一年來有什麼改變沒有？

我這一年來改變很多。

首先是頭髮長了很多，我一整年沒剪頭髮了，我非常懷念以前短髮的日子，很多人叫我做辣妹，雖然我始終搞不懂那短髮和辣妹哪裡扯得上關係？

但不知道為什麼，我始終提不起勇氣走進髮廊，大概是自己誤以為長頭髮看來多一些女人味，但我想那只是我的以為，我簡直快被煩死了，這長頭髮。

夏天快到了，我真想再去剪個時髦的超短髮，我的髮蠟都蒙上一層灰了，我感到相當沮喪。

我沒有勇氣走進髮廊。

我這一年來改變很多。

一年前我信誓旦旦自己遲早紅翻天，一年前我對於未來充滿希望，一年前我始終認為自己將來會是一號人物，我每次每次的告訴朋友說，我，你的朋友我，將來會是一個相當了不起的人物。

他們始終當我玩笑，但問題是我當時再認真不過，但顯然那到底是玩笑話一句。

因為一整年過去了，什麼也沒改變，什麼也沒發生，於是我只好認命的否認那愚蠢的信誓旦旦，我只好認命的承認自己到底平凡到令人乏味。

終於意識到自身的微不足道。

我這一年來改變很多。

一年前我幾乎不閱讀，理由其實很簡單，我以為閱讀他人的書籍將會影響到改變到我的寫作風格。

顯然我到底還是想太多。

在我逐漸的放棄寫作放棄創作之後，我開始閱讀大量的書籍，得過文學獎的，出自名家筆下的，聽也沒聽過的，很多人談論的，都讀。

然後我發現，我的文字實在連屁也不是。

我常常搞不懂一年前哪來那麼多的自以為是。

我常以為當一個人什麼都不是的時候，他才能夠安安心心的自以為是。

我這一年來沒啥改變。

脾氣一樣差到連自己都感到厭惡的地步，嘴巴一樣糟到連自己都感到噁心的地步，個性一樣懶散到連自己都感到不能再這樣下去的地步，笑容一樣做作到連自己都不想去確認的地步，朋友一樣少到不分晝夜都會感到非常寂寞的地步，未來一樣茫然到自己都不想去面對的地步。

這一年來我有些改變有些沒變。

改變的事情於事無補，沒變的事情令我憎恨。

如果真要說有什麼重要的不同，那大概會是我終於能夠坦然的承認自己的寂寞，還有欠缺。

◆之十二

喂！你

你那邊現在有沒下雨？我窗外現正下著雨。

我對於下雨天有一種莫名其妙的好感，每次窗外下起雨時我總要急急忙忙的關掉音樂，如果身邊有人在說話的時候，我就會請他閉嘴，如果我正在自言自語的時候，我就會拿膠布給嘴巴貼上。

除了雨聲一切都是多餘，因為再多的聲音都只會被吸進雨裡，不復存在，連個屁也不剩。

這是我長久來的觀察，隨便你信也好不信也無所謂，反正那不關我的事。

我對於下雨天有一種莫名其妙的好感，這是一直以來的事情，並不是因為最近的缺水。

下雨天時如果能夠待在家裡，那麼我就會油然而生一股強烈的優越感，比起那些有工作有事情有約會或發神經非得出門的人而言。

下著大雨的午后，我總認為所有的人都應該躲在棉被裡睡大頭覺才不算浪費這雨。如果在回家的途中下起大雨，那麼我就會難得急切的想要回到家中，然後洗個燙死人的熱水澡，把淋得溼透的自己洗得溼透，在擦乾身體之後喝上一杯燙口的熱奶茶，並且認為自己真是世界上最幸福的人。

總而言之，我對於下雨天有一種莫名其妙的好感。

我想起當時還在念書時的那個雨天，那天我發神經提早回學校，出門前媽媽塞給我一把雨傘，當時我還嫌她礙事，但沒想到下了公車竟下起傾盆大雨，是的，傾盆的大雨。

那時我遇到班上的同學走在校園裡淋雨，他的身影看起來相當可憐，我懷疑他媽媽一點都不愛他。

於是我走過去同他撐傘，更正確一點的說法是請他替我拿傘，而代價是他的左半邊可以少淋一些雨。

我忘了當時我們說了什麼聊了什麼笑了什麼，但我清楚的記得當時我的心情。

當時我只想如果身邊的換成了另一個人，那麼我就會同意他把傘往左移一點，那麼我就會願意讓我的右邊也淋上一些雨。

回到宿舍後，房間裡仍然空無一人，我本來應該馬上洗個痛快的燙死人的熱水澡的，但不知道為什麼，我一個人跑到樓梯間去坐著。

我獨自望著雨中的即景。

那條路平時總是塞滿我們這些惹人厭的放肆大笑的或者睡眼惺忪的或者急急忙忙上課就要遲到的或者反正就要遲到於是乾脆蹺課的人，但此時卻是如此寧靜。

寧靜得彷彿那些我們並不曾存在過一樣。

這樓梯口夜晚總是擠滿我們這些沒事幹的夜裡不睡的跑去約會的道人長短的該趕報告卻假裝忘記的明天有考試卻連小抄都還沒準備的應該開會卻落跑的該死的夜貓子，但此時卻是只有我一個人。

彷彿這雨這樓梯口只屬於我一個人。

彷彿那些的我們都不曾存在過一樣。

我忘了我獨自在那待了多久，只記得回到寢室時同學都回了來，她們也淋得溼溼的，我一邊吃著她們帶回來的剛出爐的麵包，一邊言不由衷的說：哎呀！怎麼不叫我去接妳們呢……這類的違心論。

我們那時又說了什麼聊了什麼笑了什麼我全忘了，就是連最後決定誰先去洗個燙死人的熱水澡也一併忘得一乾二淨了。

只是每當下雨天，我總想起那個樓梯口，還有當時我獨自坐著凝望窗外的身影。

彷彿那一切也不曾存在過一樣。

◆之十四

祝妳早日寫出真正想寫的東西。朋友說。

什麼用！我想寫的沒人想看，別人想看的我根本不想寫！

我很想像個失意的王八羔子一樣吼出這句話，但結果我沒有。

事實上我從來就只寫我想寫的，至於別人看不看那我可管不著，我只是很單純的覺得我寫過的東西都是狗屁而已。

我只是仔細的回想這件事情的經過。

「葉子的離去，是因為風的追求，還是樹的不挽留。」

事情是從這段文字開始的。

多美的文字，是不是？我真覺得。

在網路上廣為流傳的文章，我收了起碼上百封卻從來沒看過，直到朋友告訴我這段文字。

「葉子的離去，是因為風的追求，還是樹的不挽留。」

我反覆的默唸著，不，我甚至唸出了聲音來，一遍又一遍，好像多唸幾遍，這段文字就能變成是我自己寫的一樣。

我喜歡這段文字，我被它感動。

只可惜那故事情節不合我的胃口，不過這也理所當然，我的胃口一向小眾化，更何況這是一篇浪漫感人的小說（雖然我並沒有看完，但我猜應該是吧？）。

我只瞄了前兩行就無法忍受了，這絕對不是出於對作者的不敬，只是單純的我個人品味怪異而已。

我討厭浪漫深情的故事。

為什麼我也不知道，但我強調（雖然沒有人在意）絕對不是因為擺高調或什麼的，就，討厭浪漫深情的故事，很單純的沒有辦法喜歡並且融入那感人的情節裡而已。

在一般少女書包裡擺著一兩本言情小說的那種年紀，我便始終對那種美得過火的小說沒有任何的興趣，當然同時我也不閱讀任何的書籍，我再強調（同樣的，還是沒有人在意）這絕對不是憤世嫉俗或什麼的，只是單純的把時間浪費在吃喝玩樂並且沒耐心也沒興趣翻開書來閱讀而已。

我是一直到去年左右才開始對閱讀起了興趣，而原因則是無聊得過火並且朋友找我吃喝玩樂的次數越來越少，在這種沒有辦法的情況下才只好開始閱讀。

如果可以選擇的話，我還是偏好吃喝玩樂的。

但前一陣子，我被一本小說所深深吸引，我反覆的閱讀，一遍又一遍，那情節在我的腦子裡打轉，一個不小心，我誤以為其中的某個名字是我自己，於是就哭了出來。

好吧，我承認，我並沒有誤以為哪個名字是我而矯情的哭泣，我只是覺得這樣寫好像很有意思，而重點是如果真能哭出來的話或許情況會好一點。

妳哭了嗎？我常被問這句話，在任何情況下。

沒有，我可不是那種隨便哭泣看似脆弱惹人憐愛的夢幻女子。我總是這樣回答。

當然實際上我不會回答得這麼費功夫，通常只是很單純的回答沒有並且順便嘲笑對方幾句。

我的個性相當糟糕，我自己知道。

那麼，妳會為什麼哭呢？我好像也被這麼問過。

你會為什麼哭？別回答我，我還是這句話，我沒興趣知道。

你會為什麼哭？我只為自己哭，為自己難過沮喪低落感傷而哭，為自己不是因為任何人。

少以為誰有本事把我惹哭，我沒那麼脆弱，我再強調。

但我把男生惹哭的歷史可追溯自國小四年級，不過詳細情形我可沒興趣敘述。

「葉子的離去，是因為風的追求，還是樹的不挽留。」

真是很美的一句話，我真覺得，我很感動這句話。

祝妳早日寫出感人的文字來。如果當時那個王八蛋是這麼說的話，或許我會說聲謝謝也不一定。

當然她並不是王八蛋，我也不認為她王八，她是我的好朋友，我只是習慣性的在文章裡稱呼人為王八蛋而已。

很惹人厭的一個寫手，我自己也知道。

「葉子的離去，是因為風的追求，還是樹的不挽留。」

真美的一段文字，或許幾年以後當這句話被淡忘時，我可以抄在書裡也不一定，當然前提是我活得了那麼久的話。

別想東想西想太多，別急著想告訴我人生多美好，也別急著說呸呸呸亂說話這類的，我沒有輕生的念頭，只是很習慣性的偶爾會來上這句話。

只是習慣。

一切都只是習慣。

◆之十五

我發現到一件說出來連我自己都會害羞的事情，我好像變溫柔了。

很可能最近我們曾在線上聊過的朋友看到上面那一行字的時候會以為我是在開玩笑或者皺起眉頭說我神經什麼的，但問題是，我覺得有這回事。

當我試著開始又坐在電腦前打開這篇文章藉著寫『喂！你』來發發什麼牢騷的時候，我發現我完全沒有辦法寫出像之前那樣憤怒的嘲笑的惹人厭的自以為是的文字來。

於是我開始回想起寫『喂！你』的經過。

那是一個憤怒的早晨，我因為一夜沒有睡意而感到相當的憤怒，我於是吃了早餐（甚至連話也不想跟替我買來早餐的媽媽說）然後出門找家三十五元咖啡店待去（天曉得我有多久泡不起STARBUCKS了）。

我那時候八成已經意識到自己寫出來的愛情小說相當無聊幼稚討厭無趣於是我只能拿著筆望著筆記本發呆，我可能看了幾本雜誌讀了幾份報紙上了幾次廁所梳了幾次頭髮確定幾次手機沒響之後就絕望的離開。

時間還早午餐還沒賣於是我先到書局隨便逛逛，我清楚的記得那天早上我總共逛了三家書局（反正連在一起）看到加起來上百本想吐它口水的書然後走到四樓因為突然瞄到那裡有書特價中，我本來以為會看到一些比我還老的陌生書但沒想到有部分都還滿新的（甚至有我認識的出版社），於是我看了三眼迅速拿起一本喜歡的作家的特價書繼續想檢查自己的書會不會也可憐兮兮的擠在那裡（我並且還看到有得過文學獎的作家的書同時也晾在那裡），然後發現我大概想太多之後就再確定沒想買書於是結了帳走人。

一路上那些上千本的急待出清的書一直在我的腦海。

有些書甚至連拿都不會給人拿起來看一眼，很寂寞的感覺。

我騎著車一直在想那感覺。

然後『喂！你』這字眼突然冒出我的腦海，於是我找了家茶店午餐接著寫下這些憤怒的文字。

但奇怪的是現在同樣是清晨我同樣一夜不睡等會同樣要去三十五元咖啡店待到吃午餐或許還會逛逛書店看看有沒有什麼新的想吐它口水的書沒有，同樣的一天我卻完全沒有憤怒的心情（甚至剛剛還和媽媽小聊了一下）完全寫不出憤怒的文字來，完全性的。

所以我有合理的動機懷疑我八成變溫柔了而且你敢嘲笑我的話我想我大概會翻臉。

有沒有發現這篇文章的句子都很長讀起來實在眼花花並且想罵我王八蛋？

我故意的。

我只是在打開『喂！你』的時候突然想到初來乍到時曾被批評文章句子過長讀來難以消化。

所以，突然想到那時候的現在的我，故意的，讓每個句子都長。

對不起，謝謝你橘子著.
–初版–臺北市：春天出版國際, 2008. 12
面； 公分.–（橘子作品集；21）
ISBN 978-986-6675-77-5（平裝）
857.7 97023382
國家圖書館出版品預行編目資料

對不起，謝謝你

橘子作品集 21

作　　者◎橘子
企劃主編◎莊宜勳
封面設計◎克里斯

發 行 人◎蘇彥誠
出 版 者◎春天出版國際文化有限公司
地　　址◎台北市忠孝東路四段303號4樓之一
電　　話◎02-2721-9302
傳　　眞◎02-2721-9674
E-mail ◎frank.spring@msa.hinet.net
網　　址◎http://www.bookspring.com.tw
部 落 格◎http://blog.pixnet.net/bookspring
郵政帳號◎19705538
戶　　名◎春天出版國際文化有限公司
法律顧問◎蕭顯忠律師事務所
出版日期◎二〇〇八年十二月初版一刷
二〇一二年六月初版四十一刷
定　　價◎220元

總 經 銷◎楨德圖書事業有限公司
地　　址◎台北縣新店市復興路45號3樓
電　　話◎02-2219-2839
傳　　眞◎02-8667-2510
排　　版◎浩瀚電腦排版股份有限公司
印 刷 所◎鴻霖印刷傳媒股份有限公司

版權所有．翻印必究
本書如有缺頁破損，敬請寄回更換，謝謝。
ISBN 978-986-6675-77-5
Printed in Taiwan